KB077730

천재들은 파란색으로 기억된다

일러두기

- 도서명은 《》 미술품, 영화, 시, 음반, 잡지, 신문, 기고문은 〈〉 음악 개별 곡, 방송 프로그램 명은 ''의 약물로 표기했습니다.
- 저자의 문장과 글맛을 훼손하지 않고자 욕설 및 비속어를 보전한 부분이 있습니다.

천재들은 파란색으로 기억된다

예술과 영감 사이의 23가지 단상

이묵돌

비에이블
B.able

목차

008 Prologue
번거롭고 까다롭지만, 무엇보다 즐거운 일

015 1. 도스토옙스키 Dostoevskii
- 그럼에도, 읽을 사람은 계속 읽을 것이다
#읽히지않는 #대문호

027 2. 쳇 베이커 Chet Baker
- 단 한순간도 트럼페터가 아닌 적 없던 남자
#이중적인 #자기파멸

039 3. 미켈란젤로 Michelangelo
- 명예로운 기술자와 불행한 예술가의 갈림길에서
#반항적인 #마이웨이

059 4. 윤동주 尹東柱
- 거대한 시계 앞에서 느끼게 되는 청춘의 무력감
#부서질듯한 #순수

071 5. 스탠리 큐브릭 Stanley Kubrick
- 이렇게까지 해야 할까 싶은, 광적인 집념
#왜이럴까싶은 #집착

083 6. 스콧 피츠제럴드 Scott Fitzgerald
- "맞아, 개츠의 아버지는 루터교 신자였지…."
#멋쩍은 #인간미

095 7. 마일스 데이비스 Miles Davis
- 트럼펫으로 음표를 도려낼 수 있다면
#마약보다 #전인미답

107 8. 서머싯 몸 Somerset Maugham
- 아득히 먼 곳에서 전해지는 동질감, 혹은 위로
#위로되는 #냉소

121 9. 오타니 쇼헤이 大谷翔平
- "거 봐, 틀린 건 아냐. 아주 못 할 건 또 없다니까."
#담대한 #도저함

137 10. 카라바조 Caravaggio
- 암흑과 빛, 순수함과 추악함의 묘한 균형
#비굴한 #필사적인

147 11. 렘브란트 Rembrandt
- 까마득히 침몰하는 인생, 황홀하고 찬란한 작품
#한심한 #별수없는

159 12. 클로드 모네 Claude Monet
- 그는 이제 세상을 또렷이 보는 데 관심이 없다
#아련한 #흐릿한

171 13. 어니스트 헤밍웨이 Ernest Hemingway
- 작가, 좋아하는 걸 실컷 쓰고 싶어 하는 일
#제멋대로인 #골치아픈

179 14. 빌 에반스 Bill Evans
- 중요한 순간에 눈부시게 빛날 수 있는, 팀
#후천적 #고독

187 15. 마틴 스콜세지 Martin Scorsese
- 그는 반드시 쏴야 하는 순간에만 총을 든다
#빈틈없는 #냉정함

199 16. 무라카미 하루키 村上春樹
- 한번쯤 이겨보고 싶은 '적', 혹은 '어른'
#독창적인 #원숙

211 17. 데이브 샤펠 Dave Chappelle
- 오랜 고민과 인류애가 스며 있는 유머들
#도발적인 #인류애

223 18. 제인 오스틴 Jane Austen
- 역사상 가장 로맨틱한 미혼의 작가
#어쩌다 #로맨틱

235 19. 토리야마 아키라 鳥山明
- 좋아하는 일을 운명으로 탈바꿈한 천재성
#희극적인 #천재성

249 20. 프리다 칼로 Frida Kahlo
- 오래 살고 보면, 정말 그런 날이 올지도 모른다
#비극보다 #새옹지마

259 21. 에밀 졸라 Emile Zola
- 가장 순수한 의미에서의 용기, 혹은 고결함
#고고한 #용기

275 22. 존 레논 John Lennon
- 모든 것을 이룬 자에게 결핍된 단 한 가지
#동화같은 #갈증

293 23. 이창호 李昌鎬
- 삶이 게임이라면 바둑 같은 게임이기를
#고요한 #승부사

306 Epilogue
- 엇비슷한 눈높이로 과거와 마주하기

311 사진, 그림 설명 및 출처

번거롭고 까다롭지만, 무엇보다 즐거운 일

지난 몇 년간 나는 책을 몇 권 썼고, 인터넷에도 꾸준히 글을 써 올렸다. 그러다 보니 온, 오프라인을 가리지 않고 '평소에 글 쓰실 때 주로 어디에서 영감을 받으시나요?'라는 질문을 질리도록 받았다. 솔직히 말해서 난 유명하지도 않고, 업계에서 평판이 아주 좋다고도 할 수 없는 작가인데도 꽤 자주 그랬다. 있지도 않은 영업 비밀을 홀라당 빼먹을 요량인 건지, 아니면 순수한 궁금증인 건지 모르겠지만. 이건 뭇 창작자들에게는 숙명이나 다름없는 문제이다. 우리 사회에는 여전히 창작 활동을 일반적인 노동과 다른 차원의 일로 생각하는 분위기가 있기 때문이다. 알고 보면 크게 차이도 없는데, 어쩌면 이런 이미지를 적당히 보존하는 게 밥그릇 유지에는 도움이 될지 모른다.

아무튼 그럴 때는 상황에 따라 둘러대거나, 조금 이골이 났다 싶을 땐 "어떻게 영감을 받을 때만 글을 쓰나요?

없어도 쥐어 짜내야 밥벌이를 하죠" 같은 대답으로 얼버무렸다. 매번 진심이 아닌 건 아니었지만 역시 '성의 없다'는 느낌을 지울 수 없다.

나는 영감 – 그러니까, Inspiration 말이다 – 에 대해 다소 추상적이고, 더 극단적으로 말하면 매우 적대적인 인식이 있었다. 나로 말하자면 특별한 경험이나 착상에 기대 글을 쓰는 타입이 아니기 때문이다. 내게 글쓰기란 담배를 피우거나 뒤통수를 긁는 것만큼 – 이건 일이 쉽다는 의미가 아니고, 무게감에 대한 것이다 – 단순무식한 작업이다. 그러니까 "글 쓸 때 어디서 영감을 얻으시나요?"라는 질문이, 나에겐 "당최 무슨 이유로 담배를 피우세요?" "어째서 뒤통수를 긁는 거죠?" 같은 질문과 다름없었다. 이거야 질문자의 의도와는 별개로 당혹스러운 일이 아닐 수 없다.

그렇지만 나라고 일체의 인풋 없이 글을 주야장천 쓸 수 있는 천재는 못 된다. 기왕 천재였다면 이것보다는 좀 더 대단한 글을 쓸 수 있었을 텐데…. 곰곰이 생각해보면 '영감'의 개념이며 내게 영감을 주는 것들에 대해 진지하게 고민한 적이 없었다. 책을 읽든, 그림을 보든, 음악을 듣든, 그런 건 내게 어디까지나 독립된 활동이었으며, 딱히 글을 더 잘 쓰기 위해서나 소재를 얻기 위한 것은 아니었다.

그러나 그렇게 머릿속에 쌓인 기억, 외부로부터의 자극과 경험, 술기운에 '누가 누가 더 멍청한 짓을 했나' 경연 대회로 마구 지어낸 이야기들은 언제 어떤 식으로든 작업에 반영되기 마련이다. 다만 내 경우 어떤 그림이나 영화를 본 직후 "오, 난 영감을 받았어" 하고 글을 쓰러 가는, 그런 극적인 상황은 거의 없었다. 오히려 장르를 불문하고 '정말 좋은 작품을 봤다'라고 생각이 되면 그 자리에 멍하니 앉아 내가 받은 감상을 하나씩 떠올리고 정리하는 편이다.

요컨대 내게 있어 영감이란 번개처럼 '콰' 정수리에 내리꽂히는 것이 아니라–이건 상상해보면 좀 아프다–스웨터를 입고 벗을 때 나오는 전기 따위로 전지를 충전하는 일에 가깝다. 언젠가 하루키가 언급했듯 '서랍에 넣어 놓고 필요할 때 꺼내쓰는 것'이다.

더구나 언제 어디서 받은 영감이 어떤 글에서 어떤 방식으로 영향을 끼쳤는지는, 그 시점에서는 정확히 판단할 수 없다. 짧게는 몇 주나 몇 달, 길게는 몇 년이 지난 뒤에야 '그러고 보니 그땐 그랬군' 하고 문뜩 떠오를 뿐이다. 그래서 나는 '그런 부류의 영감들에 대해서는 얼마든지 이야기할 수 있지 않은가?'라는 생각에서부터 시작해서, 내가 느낀 영감 비스무리한 것들을 글로 정리해봐도 꽤 재미있겠다는 판단에 이르렀다. 뭣보다 좋은 공부가 될 것이다. 애매하게 알고 있는 개념에도 깊이가 생기고, 똑같은 풍경을 보고도 한층 입체적인 공상을 할 수 있을 것이다.

나는 유튜브를 잘 보지 않는다. 몇 년째 유튜브 프리미엄을 구독하긴 했지만, 광고 차단 기능이 아니라 유튜브 뮤직을 쓰기 위해서였다. 그마저도 애플 뮤직을 쓰기 시작한 뒤로는 거의 들어가질 않게 되었다. '영상 콘텐츠의 소비와 생산에 익숙한 MZ 세대 주제에 유튜브를 기피하다니, 힙스터병이 말기에 이르러 죽음이 임박한 것은 아닐까?' 그러나 이것은 내가 무슨 고고한 철학을 갖고 있어서 그런 것은 아니고, 어디까지나 기호와 습관에 관한 것이다.

유튜브의 가장 불편한 점은 댓글이다. 댓글은 참 재미있는 대중문화 – 재미있는 댓글만 모아둔 영상이 얼마나 많은지 보라 – 이면서, 한편으로는 스스로 생각할 시간이며 여유 따위를 알게 모르게 훔쳐 가는 장치이기도 하다. 온라인 기사든 동영상이든. 인기 댓글을 몇 개 읽고 나면 '어, 정말 그런 것 같기도 하고…'라는 생각이 들기 때문이다. 그래서 댓글 보기를 즐기는 독자들은 타인과 최대한 비슷한 방식, 동일한 스탠스로 콘텐츠를 이해하게 된다. 그게 나쁘다거나 구리다는 얘기는 아니다. 나 아닌 다수의 사람이 싫어한다는 이유로 '내가 좋아하는 것을 하나둘 빼기는 기분'이 별로일 뿐이다.

내가 고전문학이나 해설 없는 그림, 재즈 같이 한물간 콘텐츠들을 선호하는 이유도 같은 맥락이다. 아주 고상하고 세련된 인간이라서가 아니다. 단순하게 댓글이 적거나 없기 때문이다. 굳이 따져보면 이런 데에는 댓글이 아닌 '글'이 있다.

글을 쓰려면 스스로 생각해야 한다. 그리고 '깊이' 생각하는 사람들의 특징은 '타인의 생각을 대신하려 들지 않는다'라는 점이다. 그런 류의 문화가 내게는 좋다. 멋진 콘텐츠를 찾기 위해선 발품을 팔아야 하고, 시간과 에너지를 써서 감상을 정리하는 것. 친절하기는커녕 번거롭고 까다로우며, 아무도 '이건 이거야', '간단히 말해 저건 저거라고 보면 돼'라고 설명해주지 않는 것.

이렇게 써 놓고 보니 무지하게 비효율적이고 귀찮은 것뿐이지만, 거기에는 보람이 있다. 비유하자면 이렇다. 똑같은 고양이 사료라도 자율 급식으로 먹을 때와, 먹이 트랩으로 고생고생한 끝에 먹을 때는 감회부터가 남다를 수밖에 없다. 전자는 그저 배를 채울 뿐인데 반해, 후자는 '내가 해냈어', '내가 찾아낸 거야' 하는 기쁨과 소중함이 덩달아 온다. 먹이 트랩의 고양이가 자율 급식의 고양이보다 더 건강하고 행복하다는 것. '고양이를 부탁해'의 팬이었다면 모르려야 모를 수 없는 사실이다.

서론이 길어졌다. 머리말은 길게 쓸수록 멋이 없는데, 나는 가면 갈수록 멋이 없어지는 것 같다…. 하여간 나는 내가 좋아하는 것들 – 보고 기억하는 것들, 더 잘 알고 싶은 것 – 에 대해서 조금씩 기록해놓을 작정으로 짧은 글을 정리해 올리기 시작했고, 흥미로운 인물 23인을 테마로 삼아 기묘한 기전체 스타일의 책을 내게 된 것이다.

하나 덧붙이자면, 이곳에 수록된 글들의 원제목은 《영원에 관하여About Eternity》였다. 여기서 '영원'이란 영감의 원천을 두 글자로 줄인 것이고, 뭇 수완 없는 예술가들의 명목상 통장 잔고이며, 그 대가로 말미암은 창작의 수명이다. 불어로는 'La vie est courte, l'art est long'이라고 쓴다. 좀 재수가 없어도 이해해주길 바란다. 잘 모르는 불어 회화를 남발하는 것은 삼류 작가들의 오래된 전통이니까.

브런치에 연재할 당시에는 나쁘지 않은 타이틀이라고 생각했다. 하지만 '서점에서 볼 땐 이게 무슨 책인지 헷갈릴 염려가 있다'는 출판사의 우려가 있었기 때문에, 책으로 펴낼 때만큼은 다른 제목을 쓰는 것으로 합의를 보았다. 이 점에 대해 기존 독자들의 양해를 구한다… 같은 말은 하지 않겠다. 이미 그렇게 결정된 것이니까. 이런 건 받아들이는 수밖에 없는 것이다. 아무래도 《불멸》이나 《마음》 같이 짧고 간지 나는 제목으로 책을 내기 위해서는 지금보다 더 인지도 있는 작가가 되어야 하는 모양이므로, 지금의 나로서는 이 정도가 한계라는 점을 이해해주기 바란다.

마지막으로 이 글을 쓸 원동력이 되어준 여러 인물을 비롯하여 감사한 이들이 많지만, 무엇보다 코로나를 비롯한 여러 병중에도 어떻게든 글을 써낸 나 자신에게 기특하다는 말을 함께 전한다.

1.
도스토옙스키

Fyodor Mikhailovich
Dostoevskii

ㅇ

그럼에도, 읽을 사람은 계속 읽을 것이다

도스토옙스키는 누구인가. 알 만한 사람은 다 아는 러시아의 대문호이다. 그러나 모르는 사람들에겐 토스트와 혼동될 만큼 생소한 이름이기도 한데…. 이 문장을 읽으면서 '에이, 아무리 그래도 그렇지. 도스토옙스키를 모르는 게 말이 돼? 러시아에서 제일 유명한 작가인데'라고 생각하는 사람도 있을 것 같다. 그러나 한편으로는 '뭐야, 난 몰랐는데' 하고 식은땀을 흘리는 사람도 분명 있을 것이라고, 나는 장담할 수도 있다. 나아가 자신의 무지함에 소름이 돋아서, 부랴부랴 검색창에 '도스토옙스키 누구'를 입력한 다음 《죄와 벌》 같은 대표작들의 제목이나 줄거리 5분 요약 영상을 숙지하려고 인터넷을 뒤지는 사람도 있을지 모른다.

그러나 걱정 마시라. 도스토옙스키는 19세기 사람이

고, 우리는 책 말고도 다른 훌륭한 콘텐츠가 넘쳐흐르는 21세기에 살고 있다. 현대인들에게 잘 알려진 러시아 사람이라고 하면 블라디미르 푸틴과 이리나 샤크 정도를 떠올릴 수밖에 없다. 공식 트위터도 인스타 계정도 없는 도스토뭐시기 따위를 잘 알고 있는 사람이 되려 괴상한 것이다. 대략적인 지식을 꿰고 있다고 한들, 그것은 순수한 문학적 관심사로부터 나왔다기보단 어디 가서 유식한 척이나 좀 해보려는 중2병 힙스터의 발상으로 공부하고 암기한 내용에 가까울 것이다. 솔직히 나도 그랬다. 어디 가서 안 읽었다고 하면 부끄러울 것 같으니까, 또 모르는 사람들한테 젠체하기 좋을 것 같으니까 읽기 시작했다. 만일 그렇지 않다면 어째서, 그 귀중한 청춘을 그 단조롭고 침울한 표지 디자인에 어디서 흉기로 쓸 수 있을 만큼 두꺼운 러시아 소설을 읽는 데 낭비했겠는가. 이런 사실을 담백하게 고민하는 나 같은 인간, 이런 친절한 글을 읽는 여러분은 실로 축복받은 독자라고 할 수 있다. (웃음)

이러저러한 사정으로 도스토옙스키를, 또 읽다 보니 관성이 생겨서 계속 읽게 된 독자의 입장에서 말하는 것이지만, 그가 저명한 만큼이나 널리 잘 읽히는 작가인지는 솔직히 의문스럽다. 까놓아서 전혀 아니라고 생각한다. 왜냐면 도스토옙스키가 쓴 소설들은 하나같이 '존나게'도 아니고 '조온-나게' 길기 때문이다. 당장에 가장 유명한 작품인 《죄와 벌》만 해도 천 페이지가 넘고, 《백치》 역시 꼭 그만한 분량인 데다 《악령》이나 《카라마조프가의 형제들》 같은 것들은 분량이 더 많다. 《가난한 사람들》이나 《지하생활자의 수기》는 어떻냐고? 그런 걸 사람들이 알기나 하나?

읽기 좋게 적당히 좀 쓰지 왜 이렇게 왕창 갈겨놓았느냐? 거기에는 그럴 만한 사정이 있다. 그 시기 러시아 소설은 단어 개수에 따라 원고료를 책정했고, 도스토옙스키는 허구한 날 도박 빚에 쫓겨가며 글을 썼기 때문이다. 출판사 놈들이란 예나 지금이나 글의 가치를 매기는 데서 유독 원시적인 구석이 있다. 사업을 하려면 어쩔 수 없는 것이겠지만. 이렇다 보니 도스토옙스키의 작품을 읽다 보면, 때때로 지나치게 길고, 지엽적인 내용에 집착한다는 인상을 자주 받는다. 하기야 길게 쓰겠다고 작정하고 쓴 소설이니까. 요즘으로 치면 웹소설 작가

가 매일 오천 자씩 – 연재 때문이라고는 해도 상당한 분량이다 – 써낸 것을 나중에 묶어놓고 보니 책 몇 권이 거뜬히 나오는 것과 같다. 하지만 어떻게 도스토옙스키의 작품을 최신 장르소설과 비교하는, 그런 말도 안 되는 실례를 범할 수 있느냐? 그렇지만 실제로 같은 러시아 작가인 나보코프도, 《절망》이라는 소설에서 "코난 도일, 모리스 르블랑 같은 위대한 탐정소설 작가"라고 비아냥거리기도 했으니 – 사실은 이 책 전체가 도스토옙스키에 대한 반항이다. 대놓고 놀리고 문체까지 따라 했다. 정성 가득한 안티다. – 도스토옙스키의 '투머치' 라이팅은 오래전부터 비판받아온 요소였다.

그렇게 의미 없이 분량만 늘려놓는 게 무슨 의미가 있냐, 국에다 물 타고 밥그릇에다가 모래를 채워 넣는 것 아니냐 하는 생각도 들 수 있겠지만 필요에 따라 호흡을 늘리고 줄여서 마감을 맞추는 것 역시 작가의 역량이라고 생각한다. 내용물에다 괜히 물을 타는 게 단순히 양이 많아 보이려는 기만행위처럼 보일지 몰라도, 어디서 어떻게 하느냐에 따라 아메리카노가 되기도 하고, 에스프레소가 되기도 하는 것이다.

가타부타 말을 갖다 붙여 봤자 도스토옙스키의 글이 매우 길다는 것은 변함없는 사실이다. 나로 말할 것 같으면 읽는 속도가 느리지도 빠르지도 않다. 다만 업으로서나 취미로서나 책 읽을 시간이 다른 사람에 비해 많은 편이라 생각한다. 그중에서도 도스토옙스키는 일부러 시간을 들여서 읽은 작가인데, 그럼에도 나 역시 그의 작품을 전부 읽진 못했다. 하물며 이걸 업으로 삼는 문학평론가나 번역가, 관련 전공자가 아닌 이상 도스토옙스키의 소설들을 '취미로 하는 가벼운 독서'로 소화하기란 매우 까다로운 일처럼 느껴지는 것도 사실이어서, 남에게 '이건 명작이니까 억지로 시간 내서라도 읽어' 하고 무작정 추천하기도 마뜩잖다.

한편 인터넷에서는 거의 모든 사람이 도스토옙스키 전집을 여러 차례 독파한 지 오래라는 듯 이야기하는 경향이 있는 것 같다 – 이건 나만 그렇게 느끼는 것일 수도 있다 – . 현실에서는 《죄와 벌》을 한 번이라도 읽어본 사람조차 마주치기 어려운데…. 우연히도 그렇게 교양있는 양반들만 댓글을 단 것일 수도 있겠지만. 내가 생각하는 현대인이란 한가롭게 '도스또예쁘쓰끼'를 펼쳐놓고

벽난로 냄새나 맡는 부류와 거리가 멀다. 해서 어떤 이들에게는 도스토옙스키라는 이름 자체가 남다른 허영심을 제공하는 것으로 보인다. 그건 왜냐? 왜냐니, 그야 알 만한 작가들이 역대 최고를 논할 때는 늘 도스토옙스키를 빼놓지 않으니까. 심지어 러시아에는 그의 이름을 딴 지하철역까지 지어져 있으니까.

어떻게 보면 도스토옙스키는 유명한 것으로 유명한 대문호다. 좀 과장해서 문학계의 패리스 힐튼이다. 이미 너무도, 너무도 많은 사람이 그가 '유명하다'는 사실을 납득하고 있지만 정작 정확히 뭘 하고 살았고, 삶에서 어떤 것들을 남겼는지 주의 깊게 살펴보는 사람은 드물다. 슬프지만 어쩔 수 없는 현상이다. 백 년 전엔 국립도서관과 극장이 차지하고 있던 것을, 지금은 넷플릭스와 유튜브가 차지하고 있기 때문에. 요즘 사람들이 옛날만큼 책을 읽지 않는다고 불평하거나 원망할 수는 없는 일이다. 그래도 슬플 사람들은 계속해서 슬플 것이고, 글 쓸 사람은 계속해서 쓸 것이며, 도스토옙스키는 자신의 죽음마저 원망한 적이 없는 것처럼 보인다.

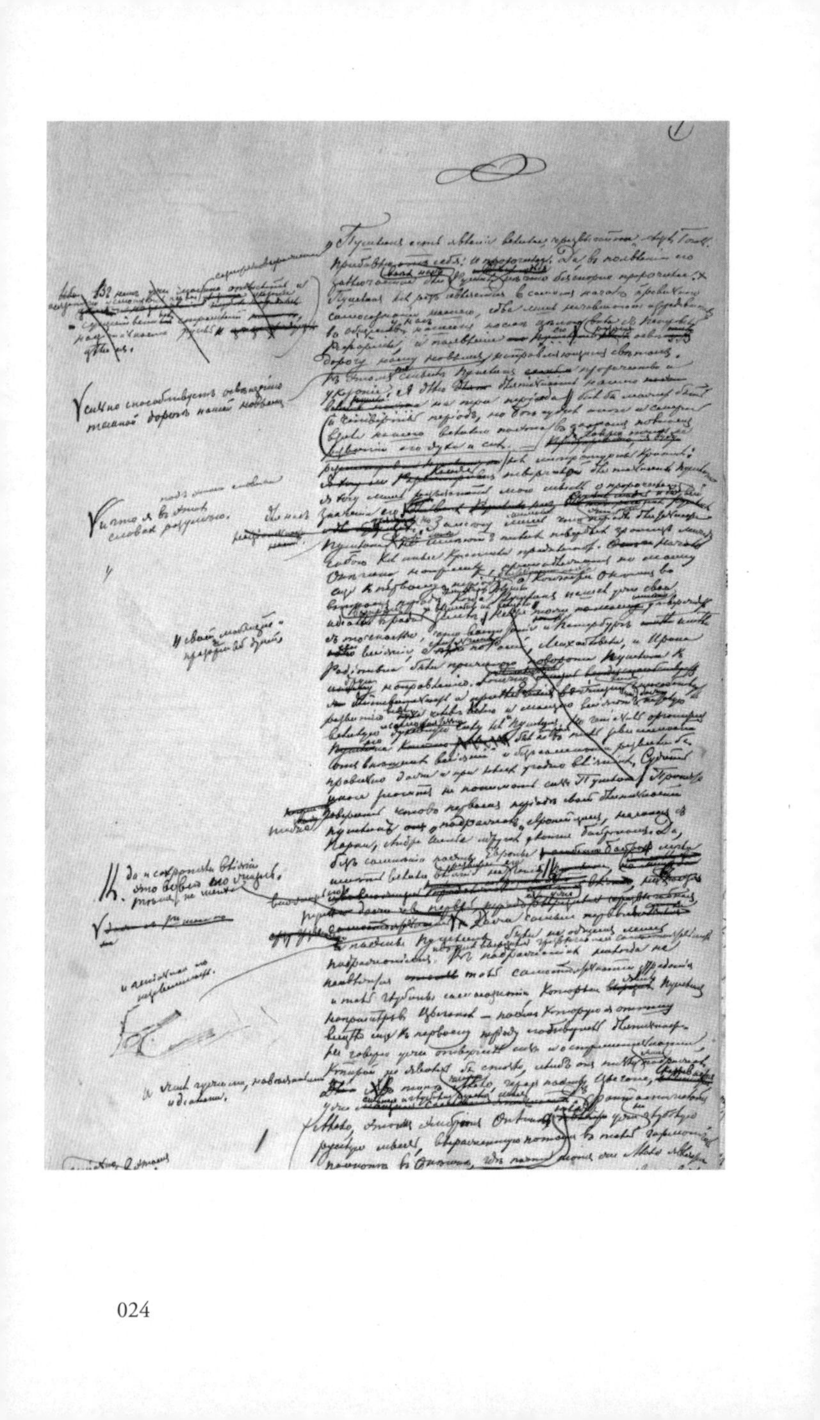

This is my last message to you:
in sorrow, seek happiness.

— Fyodor Dostoyevsky,

The Brothers Karamazov

어떤 이들에게는 도스토옙스키
라는 이름 자체가 남다른 허영심
을 제공하는 것으로 보인다.

그건 왜냐? 왜냐니,

그야 알만한 작가들이 역대 최고를 논할 때는 늘
도스토옙스키를 빼놓지 않으니까. 심지어 러시
아에는 그의 이름을 딴 지하철역까지 지어져 있
으니까.

2.

쳇 베이커

Chet Baker,

Chesney Henry Baker Jr

°

단 한순간도 트럼페터가 아닌 적 없던 남자

쳇 베이커는 요즈음 세대에 가장 잘 알려진 재즈 뮤지션 가운데 한 명이다. 이유야 뭐든 갖다 붙일 수 있을 것이다. 제임스 딘을 연상케 하는 젊은 시절의 외모, 우수에 가득 차 있으면서도 낭만적인 보컬, 에단 호크가 열연한 영화 〈본 투 비 블루〉의 개봉과, 힙하고 개성적이면서도 있어 보이는 음악을 향유하려는 젊은 층의 욕구, 그리고 그런 심리를 정확하게 파악한 유튜브의 알고리즘 등. 특히 'I fall in love too easily'와 'Time After Time'은 왜인지 모르겠지만 노출 알고리즘의 사랑을 독차지하고 있는 것 같다.

그러나, 눈치 빠른 독자들은 이미 알아차렸을지 모르겠지만 나는 왠지 좀 배배 꼬인 기분으로 이 글을 쓰고 있다. 쳇 베이커라는 인물이나, 그를 듣기 좋은 쿨재즈의 상징으로 여기는 풍조에 대해, 왜인지 빈정거리는 뉘앙스를 감출 수 없다. 오해는 하지 말았으면. 나도 쳇 베이커의 음악을 좋아한다. 그의 앨범 전체를 수록해놓은 플레이리스트가 따로 있을 정도다.

내가 아니꼬운 것은 사람들이 쳇 베이커라는 재즈 뮤지션을 바라보고 소비하는 방식 그 자체이다. 어떤 사람들은 쳇을 더러 여자인지 남자인지 알 수 없는 중성적 목소리를 지닌… 좀 희한한 컨셉의 가수쯤으로 여기기도 한다. 분명 그 불안 가득한 보컬에는 왠지 모를 마력이 깃들어 있다. 그 목소리 덕택에 쳇 베이커의 디스코그래피는 한층 풍부한 색채를 띠며, 보다 많은 사람의 관심과 사랑을 받을 수 있었다. 하지만 쳇 베이커는 원래 보컬이 아닌 트럼페터였다. 정확히 말하면, 그는 보컬이 아닌 적은 있었어도 트럼페터가 아닌 적은 한 번도 없었다.

1954년, 쳇 베이커에게 부와 명성을 동시에 안긴 앨범 〈쳇 베이커 싱즈Chet Baker Sings〉가 출시될 때만 해도, 쳇 베이커의 보컬은 음악적 도박에 가까운 시도였다. 쳇 베이커는 자신을 트럼페터라고 생각했고, 왜 노래 같은 걸 불러야 하는지도 몰랐다. 연인이던 루스 영의 말을 빌리자면 이렇다. "그 노래들은 쳇 베이커에게 아무런 의미가 없었다. 모든 걸 그저 음악으로만 받아들였고, 노랫말도 단지 음표에 불과했다."

처음 그가 노래를 부르고 녹음하게 된 계기는 레코드사와 프로듀서의 입김이 절대적이었다. 사업적인 면으로 봤을 때, 쳇 베이커라는 캐릭터는 그 자체로 스타성이 있었다. 흑인 문화였던 재즈, 그 재즈의 불모지였던 서부에서 그토록 여리여리하고 곱상한 백인 청년을 스타로 만들기란 일도 아니었다. 앨범 트랙은 대부분 'I fall in love too easily', 'I've never been in Love Before', 'My funny Valentine' 같은 대중적 발라드로 채워졌다. 이 곡들은 그만의 불안하고 양성적인 보컬로 수십 번은 다시 녹음됐고, 그 결과물은 여성들의 모성애와 동성애자들의 판타지를 동시에 자극하는 데 성공했다. 쳇 베이커는 재즈계의 떠오르는 신성, 슈퍼 루키로 화려하게 떠올랐다. 다만 이 성공은 그의 인생에 있어 행운인 동시에 떨쳐내기 힘든 저주가 됐다.

베이커Baker라는 성에서 짐작할 수 있듯, 쳇은 전형적인 미국의 백인 노동자 집안에서 태어났다. 전설적인 색소포니스트 찰리 파커를 동경해 재즈에 발을 들였다. 실제로 쳇은 파커의 사이드맨으로 트럼펫을 연주하기도 했는데—훗날에는 그의 자유분방한 연주뿐 아니라 마약과 여성 편력까지 닮고 만다—이름을 알린 방식은 완전히 달랐으며, 그 차이는 평생의 콤플렉스가 된다.

예를 들면 이렇다. 어렸을 때부터 줄곧 최민식과 로버트 드 니로를 꿈꾸며 연기 수업을 받던 친구가 엉겁결에 잠깐 인터넷 방송을 했는데, 그게 수습이 안 될 정도로 유명해진 셈이다. 이 청년은 이제 다시 자신이 꿈꾸던 세계로 돌아갈 수 없다. 그런 유명세를 잠깐 제쳐놓고서, 인기 없는 독립영화 몇 편에 출연하며 커리어를 쌓아보려고 해도 마찬가지다. 잠깐의 일탈이 너무 큰 사랑을 받는 바람에 그가 꿈꾸던 배우로서의 길은 완전히 막혀버린 것이다. 그는 반반한 인방 BJ, 혹은 인기 유튜버일 뿐, 어디에서도 진지한 배우로서 대우받을 수 없었다. 꿈은 변치 않았지만 의도치 않은 성공이 거듭될수록 그 꿈은 멀어져만 갔다. 이 사이의 공백을 마약과 여자로 메우며 자기 삶을 망가트린 인물. 내가 아는 쳇 베이커는 이런 사람이다.

쳇이 약을 얼마나 많이 빨았고, 얼마나 자주 감옥을 드나들었나? 얼마나 많은 아내와 사생아가 있었으며, 또 얼마나 무책임하고 몹쓸 행동을 했나? 심지어 쳇 베이커의 전기에는 그가 향정신성 약물을 처방받기 위해서, 자신을 숭배하다시피 하던 연인으로 하여금 정신과 의사와 관계를 맺도록 했다는 기록도 남아 있다. 어디까지가 사실이고 거짓인지는 알 수 없지만, 아무려나 도덕적으로 훌륭한 삶을 살았다고는 말하기 어렵다. 그럼에도 난 그를 두둔하거나 깎아내리고 싶지는 않다. 쳇은 한 명의 인간으로 봤을 땐 무책임한 씨발놈이 분명하지만, 좌우지간 죽을 때까지 트럼펫을 불긴 했다. 먹고 살기 위해, 마약을 사기 위해, 사람들의 환심을 사기 위해…. 어떤 이유에서든 죽을 때까지 음악을 놓지 않았다. 씨발놈은 씨발놈인데 적어도 음악에는 진심인 씨발놈이었다. 씨발놈이기 때문에 좋은 음악이 아니라거나, 좋은 음악을 했기 때문에 씨발놈이 아니라는 서술은 너무 고루하지 않은가.

다시 말해두지만, 이 글에는 쳇 베이커라는 사람을 두둔하거나 깎아내리려는 어떤 의도도 없다. 난 그저 그가 받은 과대평가와 과소평가, 그리고 이 두 바늘귀를 훌륭하게 관통해나가는 찬양과 무관심에 놀라움을 금할 수 없다. 놀라울 정도로 슬프고, 슬플 정도로 놀랍다. 몇몇 사람이 태어나기에, 지구는 너무 파랗고 차가운 행성일는지도 모른다.

하지만 쳇 베이커는
원래 보컬이 아닌 트럼페터였다.

정확히 말하면,

그는 보컬이 아닌 적은 있었어도
트럼페터가 아닌 적은
한 번도 없었다.

3.

미켈란젤로

Michelangelo
Buonarroti

◦

명예로운 기술자와 불행한 예술가의 갈림길에서

서울 소재의 한 초대형 재벌기업 L. 오랫동안 그 기업의 회장을 역임해온 G는, 어느덧 인생의 황혼을 바라볼 나이가 되었다. 그러다 문득 '세상에 내가 존재했다는 흔적을 확실하게 남겨야겠어'라는 생각이 들었다. 자신의 이름… 아니, 성을 딴 온라인 플랫폼 하나를 크게 만들어야겠다고 결심한다. 돈이며 건물은 얼마이고 몇 채인지 기억도 못 할 정도로 많지만, 그걸 전부 싸 들고 무덤에 들어갈 순 없는 노릇 아닌가. 생전 해보지 않은 혁신을 일으켜보고 죽는 것도 나쁘지 않아 보였다.

그런데 웬걸, IT 회사라고는 하지만 웹디자인만을 전문으로 하는 직원은 그리 많지 않았다. 애초에 웹디자인이 주력도 아니었다. 그래도 뭐 기획안이나 몇 개 받아보자 했는데, 회사 내외로 주문한 수백 개의 시안 중에 마음에 드는 것이 하나도 없다. 한데 어느 날, 저기 어디 위쪽에 파주인가 어딘가 하는 곳에서 디자인 하나는 기깔나게 하는 프리랜서 B가 있다는 소문을 듣는다. 어디 보자, 온라인에 올라온 포트폴리오를 보니까 이놈 이거 심상치 않다. 장인의 기운이 포트폴리오에서부터 느껴진다. 선 한 줄, 색깔 한 점 허투루 다루지 않는다. 그래, 이 녀석이다. 내가 스티브 잡스라면 이 녀석이 조너선 아이브다. 이놈에게 시키면 나도 제프 베조스가 될 수 있을지도 모른다–공교롭게도 전부 대머리이다–!

그래서 그 웹 디자이너에게 연락을 보내 구두계약을 맺었다. 그러나 당장은 맡은 일도 있고, 플랫폼이면 기획도 오랫동안 해야 하니 반년 뒤에나 서울에 올 수 있다는 것이다. 이미 잡힌 일정이 그렇다는데 어쩔 수 없지…. 그리고 반년이 지났다. 웹 디자이너는 마침내 서울로 올라와 L기업 본사 맨 꼭대기에 위치한 G의 집무실에 찾아갔다. 그런데 G가 뭔가 말하는 태도며 얘기가 달라졌다. 포털사이트는 됐고, 그냥 자기의 업적이며 발자취를 남기는 뜻으로 작은 웹사이트나 하나 만들어달라는 거다. 그냥, 그냥 웹사이트.

그동안 회사 사정이 좀 바뀐 모양이다. 대규모 신사옥 건설 계획이 앞당겨지면서, 무슨 초대형 플랫폼 같은 걸 만들 여유가 없어진 것이다. 바로 작업을 시작할 수 있게 온갖 준비를 다 해서 먼 길 달려왔더니, 소꿉장난처럼 웹사이트나 하나 만들라고? 고작 그거 하나 때문에 날 불렀단 말인가? 기분이 잔뜩 상할 대로 상한 B는 대답 한마디 없이 파주로 돌아간다. 뭔가 잘못된 걸 알아차린 G가 메일로 달래보려 하지만, 돌아온 답변은 '할 말 있으면 이쪽으로 와서 해라'는 내용이었다.

아니. 저가 뭔데 국내 유수의 재벌기업 회장에게 오라가라 하는가? 대한민국 재계에서도 다섯 손가락 안에 드는 G에게, 일개 프리랜서가 그렇게 이야기를 했다는 소식이 나라 전체에 퍼졌다. 일이 이렇게 되자 파주시의 입장도 난처해졌다. L사의 주요 생산 공장이 파주에 있었기 때문이다. 운영 방침이 바뀌면 시 전체에 악영향을 미칠 것이 분명했다, 그렇게 판단한 파주시장이 G에게 공문서를 가장한 추천서를 보낸다. 'B 있잖아요, 걔가 나쁜 애는 아닌데 그냥 말하는 방식이 좀 그래요…. 그래도 실력은 최고니까 한번 믿고 맡겨 보시죠?'

그래서 마지못해 G는 원래의 대형 플랫폼…까진 아니더라도 꽤 규모가 있는 온라인 서비스 디자인을 B에게 맡기기로 한다. 물론 콧대 높은 B는 그 일을 안 맡으려고 갖은 애를 썼다. 자신은 웹 디자이너 같은 게 아니라 그냥 프런트엔드 개발자라는 것이다. 그러나 G도 이번엔 꿋꿋하게 제안을 지켰고, B는 별수 없이 '작은 온라인 서비스'를 4년의 기간에 걸쳐 적당히 개발해 내놓았다. 그런데 그것이 구글이었다…. 엥.

제목에서 눈치챘겠지만, 위 내용은 16세기 교황과 미켈란젤로 사이의 일화를 현대적으로 각색해본 것이다. G는 교황Gyohwang, B는 미켈란젤로 부오나로티Buonarroti, 구글은 〈천지창조〉로 알려진 시스티나 천장화인 셈이다. 서울은 로마, 파주는 피렌체인데 위치도 얼추 맞다. 고故 구 회장님이 16세기의 교황에, 구글이 천지창조에 비견될 대상일지는 모르겠지만…. 다들 '그 시대에서 대단한 흔적을 남겼다' 하는 면에서는 일맥상통한 것 같고, 마침 이탈리아도 반도 국가다.

다만 이 비유의 핵심은 미켈란젤로를 일개 프리랜서

'웹 디자이너'로 소개한 것이다. '아니, 아무리 그래도 그렇지, 미켈란젤로씩이나 되는 거장을 외주 웹 디자이너에 갖다 대다니 너무한 것 아닌가?' 싶다면, 내 의도가 꽤 적중한 셈이다. 지금이야 예술계 전반에 대한 사회적 인식과 권위가 충분히 보장되는 시대이지만, 르네상스 시기 이전만 하더라도 예술을 바라보는 시선은 지금과 전혀 달랐다. 특히 회화는 예술보다 기술에 가깝게 인식되었다. 왕실이나 교회에서 필요할 때 불러서 시키는, 굳이 말하자면 인테리어에 가까운 일이었다. 화가의 개성적 화풍이나 영감의 표현은 어림도 없고, 대부분은 자기 작품에 이름도 새기지 못했다. 중세시대 서양미술에 '작가 미상'이 많은 이유이다.

예술Artistry과 기술Skill은 비슷하지만 다르다. 정답이 있는 기술과 달리 예술에는 정답도 없고 모범도 없다. 정해진 양식도 없다. '무슨무슨주의' 같은 것도 나중에 분류상 갖다 붙인 이름일 뿐이다. 완벽의 기준이 시대와 장소에 따라 달라지는가 하면, 무엇부터 시작해 무엇으로 끝내야 할지도 확실치 않다. 그럼에도 불구하고 사람들은 예술과 기술을 동일시하는 경향이 있다. 특히 사

업주들이 그렇다. 비즈니스적 관점에서 보면 이런 것이다. "쟤는 그림 한 장 그리는 데 한 시간 걸려서 2만 원을 버는데, 니가 3만 원을 받았으면 한 시간에 한 장하고도 반쯤은 더 그려놓아야 하는 것 아니냐"는 식이다. 글쓰기나 드로잉 작업이 단순 반복 작업과 같이 취급된다. 작업자의 기획과 영감, 눈에 보이지 않는 창작적 고민은 일절 고려되지 않는 것이다.

머릿속으로 구상을 하고 있으면 "왜 아직 눈에 보이는 게 없냐?" "시안이라도, 하다못해 기획서라도 내놓아야 하는 것 아니냐"면서, 실질적인 창작을 도맡고 있는 사람을 들볶고 채찍질한다. 지금의 서비스 기획자, 디자이너, 앱 개발자가 겪는 이런 대우를 과거의 미술가들도 비슷하게 받았다. 그래서 제아무리 창작열이 넘치는 사람일지라도, 외주를 받으면 일종의 서류작업처럼 '기계적으로' 일을 '처리'할 수밖에 없다. 물주들은 정해놓은 기간에 정해놓은 분량을 내놓길 원한다. 그런데 거기에 기막힌 창의성과 아이디어가 녹아 있어야 한다…. 매번 어느 정도의 창작성을 요구하면서도 꾸준한 성과를 내야 하는 직종. 그런 업에 종사하는 사람들은 필연적으로 현실과 이상의 간극에서 스트레스에 시달린다. 그 옛날 미술가들도 그랬다. 이름 없는 그들의 작품은 지금 전 세계 국립 박물관이며 시립 미술관에 고이 전시돼 있고, 메디치는 그런 미술가들에게 돈을 대준 것으로 널리 알려져 있다. 카네기는 아예 콘서트장 이름이 되었고…. 역사적으로 돈 좀 있다 하는 분들이 예술에 이른바 '묻지마 투자'를 하는 데는 나름 그럴 만한 이유가 있다. 되려 돈이 어중간하게 있으니까 이것저것 따지게 되고, 그러다 보니 나중에는 아무것도 안 남는 것이다. 레오나르도와 미켈란젤로 역시 완성하지 못한 작품이 수두룩하다.

이렇다 보니 그 당시 그림쟁이 대우야 말할 것도 없었는데, 미켈란젤로의 등장을 기점으로 많은 것이 바뀌었다. 기껏해야 그림이나 그리고, 대리석이나 깎는 노가다 십장 같은 놈이-실제로 그렇게 생기긴 했다-무려 교황에게 개긴 것이다! 이것은 더 적절한 비유가 없을 뿐이지, 일개 웹 디자이너가 재벌가 회장에게 개긴 것보다도 심각한 일이었다. 1517년 종교개혁 이전의 교황은 일국의 왕보다도 높으신 분이었는데 말이다.

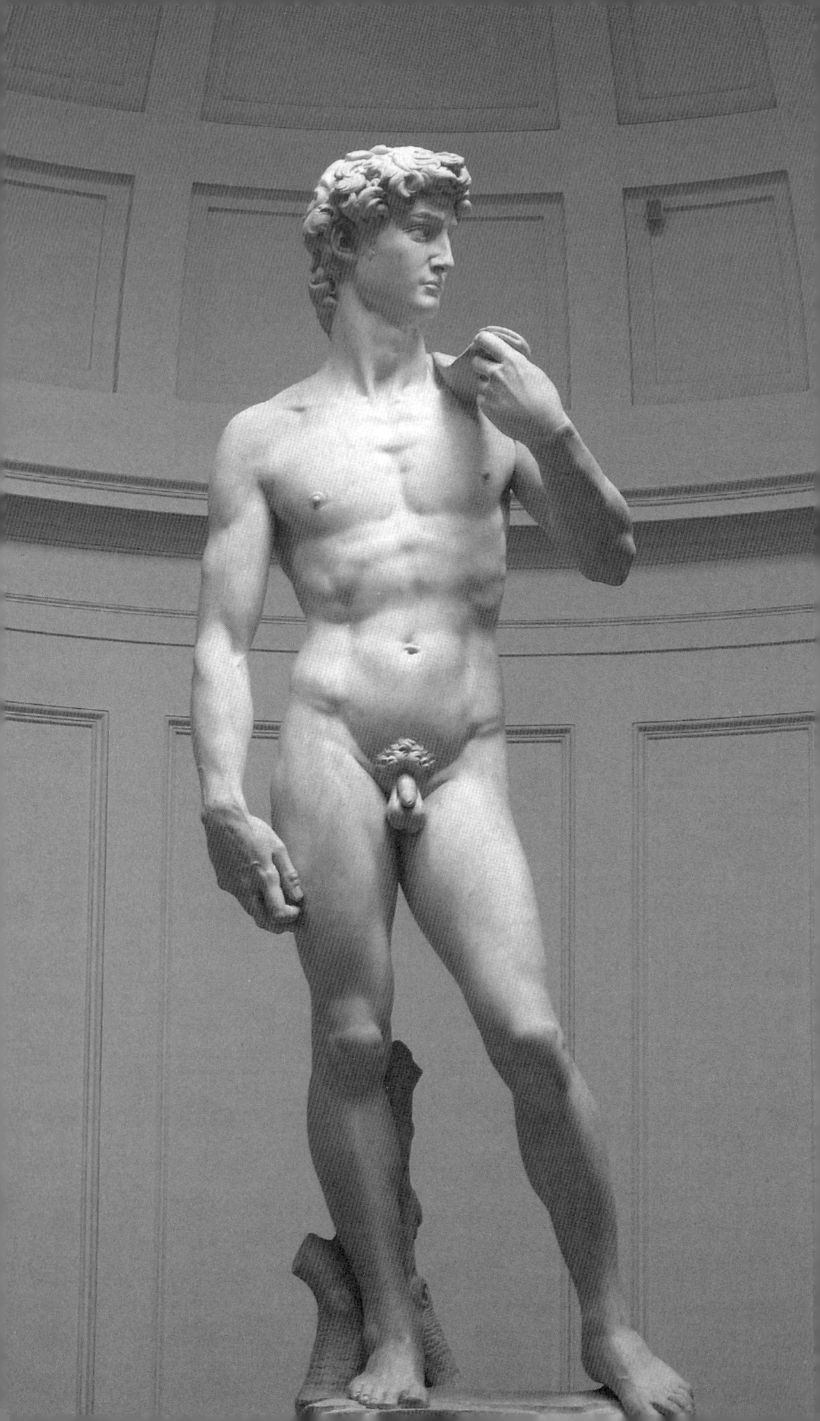

우리는 〈천지창조〉, 그러니까 시스티나 채플의 천장화가 위대한 미술가의 초인적인 열정으로 완성된 걸작이라고 생각하지만, 이건 반만 맞는 말이다. 본디 피렌체에서 작업하던 미켈란젤로가 로마까지 간 이유는 단 하나였다. 교황 율리우스 2세가 자신의 영묘 건설과 거기에 들어가는 조각상들을 맡기려 했기 때문이다. 이집트 신 호루스의 현신인 파라오가 피라미드를 지었던 것처럼, 기독교 세계의 일인자에게도 그에 걸맞은 무덤이 필요하지 않겠느냐는, 뭐 그런 착상이었을 것이다.

회화보다 조각과 건축에 더 흥미가 있던 당시의 미켈란젤로는 그 제안에 혹해서, 채석장까지 찾아가 조각에 적합한 대리석을 몇 달간 찾아댔다. 근데 반년이 지나고서 로마에 가니 교황의 말본새가 좀 이상했다. 성 베드로 대성당을 짓느라 교황의 영묘 '따위'는 지을 장소도 돈도 없어진 것이다. 그래서 면죄부까지 팔아서 예산을 충당하다가, 루터에게 두들겨 맞으면서 종교개혁의 시발점이 된다. "야, 생각해보니까 여기 겁나 큰 성당을 짓잖아. 내 영묘까지 지을 자리가 없는 거 같더라고…. 그래서 못하게 됐어. 나도 참 유감인 거, 알지?"

“야, 이 씨발놈아!” 직접 말은 안 했지만 속으로 더 심한 쌍욕을 했을 것은, 이후의 행적을 보면 자명하다. 그 길로 단단히 삐진 미켈란젤로는 피렌체에 틀어박혀서 교황에게 ‘꼬우면 니가 와’라는 내용의 편지를 보냈고, 피렌체의 시장이 그 상황을 중재하기에 이른다. 결국 교황은 바티칸에 있던 작은 예배당-시스티나 소성당, 채플이라 불리는-의 새 천장화를 제안하는데, 여기에 대한 미켈란젤로의 대답이 걸작이다. “아, 근데 제가 화가가 아니라 조각가거든요? 그래서 그림은 좀….”

하지만 교황은 완강하게 버텼고, 미켈란젤로는 ‘하는 수 없이’ 조수들을 구해서 소성당에 처박혀 몇 년간 그림을 그린다. 원래는 십이사도를 그리는 비교적 단순한(?) 작업이었는데, 미켈란젤로의 생각으로는 ‘어차피 조각 못 할 거라면 그림으로 조각해버리자’라는 결론에 이르렀던 것 같다. 그렇게 탄생한 것이 〈천지창조〉, 훗날 똑같은 성당의 제단 벽면에 그린 것이 〈최후의 심판〉이다. 현재의 시스티나 소성당은 ‘콘클라베’, 새 교황을 뽑는 선거가 이뤄지는 장소이기도 하다.

뭐, 결국 미켈란젤로도 '시키는 대로 그린 거 아니냐'고 할 수도 있다. 그러나 그 시절의 교황에게 개긴다…, 그건 두둑한 배짱이나 자존심 따위로 포장할 수 있는 행동이 아니다. 냉철하고 이성적인 판단에서 온 것은 더더욱 아니다. 단지 본능적인 선택이었다. 그저 그런 '기술자'로 명예로이 살아갈 것인가, '예술가'로서 불행하게 죽을 것인가? 미켈란젤로쯤 되는 인간이라면, 자신이 미켈란젤로라는 확신이 있는 사람이라면 일말의 고민조차 있었을 리 없다.

미켈란젤로는 개겼다. 부득이하게 맡은 일도 자기가 원하는 방식으로 해냈다. '시키는 일을 군말 없이, 원칙대로 정확하게 한다'와, '시키는 일에 개기다가, 결국 하게 되더라도 자기 방식대로 완벽하게 해낸다' 이건 뭐가 낫다 못하다는 문제가 아니라, 아예 다른 작업이다. 전자에 뛰어난 사람이 있는가 하면 후자로밖에 제 역량을 낼 수 없는 사람도 있다. 말하자면 전자는 행정가나 사업가 타입이고, 후자는 예술가나 발명가 타입인 것이다.

이런 미켈란젤로를 기점으로 미술, 그리고 미술가 전

반에 대한 사회적 존중이 완전히 뒤바뀌었다. 교회나 왕실, 혹은 귀족 가문에서 간택 '받는' 입장이었던 미술가가, 위대한 거장으로 인정받음으로써 어디서 어떻게 작업할지를 선택'하는' 입장으로 거듭난 것이다. 일례로 미켈란젤로의 직후 세대인 티치아노는 그림 그리다 떨어뜨린 붓을 뒤에 있던 황제 카를 5세가 직접 주워줄 정도의 대우를 받았다. 와우, 이런 걸 글로 치면…, 헤밍웨이가 내려쳐서 고장 난 타자기를 케네디 대통령이 직접 고쳐다 준 거랑 비슷하지 않을까.

그래서, 이 이야기의 결론은 무엇인가? 물론 그런 건 없다. 그래도 굳이 내가 여기서 찾은 메시지가 있다면 이렇다. 정말이지 몇십 년의 인생을 살아가면서 우리가 '자유로이' 선택할 수 있는 건 그리 많지가 않다. 나 역시 글을 쓰며 먹고 살아가기 위해서는, 좋든 싫든 사업주며 출판사, 편집자와 타협하며 살아야 한다. 때로는 영 내키지 않는 작업을 해야 할 때도 생긴다.

우리는 아주 어린 시절, 교실에서부터 차곡차곡 성장하며 배운다. 사람은 원하는 일만 하며 살 수는 없다. 그렇지만 원치 않던 일들이라도, 뒤늦게 필요한 방향으로 고쳐가며 나아갈 수는 있다. 나는 집에 처박혀 있는 인간치곤 사업상 미팅에 익숙한 편이고-그야 창업을 하고 말아먹어 봤으니까-, 서로의 입장에 맞춰 적당한 결론을 내는 데에도 큰 어려움이 없다.

그런 나도 살면서 '그렇게 할 바에야 안 하는 게 낫겠습니다'라는 말을 몇 번쯤은 확실하게 했다. 그래서 한몫 챙길 수 있었을… 것 같던 기회도 몇 번 놓쳤다. 몇몇 사람들은 내가 쓸데없이 자존심만 부린다고, 그렇게 살면 제 명대로 못 살고 굶어 죽을 거라고 핀잔을 줬다. 그럴 때면 나는 그렇게 살 바에야 죽는 게 낫겠다고 말했다. 하기야 요즘 같은 세상에 이런 말을 믿을는지는 모르겠지만, 적어도 그 순간들의 나는 진심이었다.

한 번은 혈기왕성했던 이십 대 초반이어서 할 수 있는 일이었지만, 미팅-엔젤투자자와의 미팅이었다-자리를 박차고 나온 적도 있었다. 그 사람은 대화 도중에 수시로 말허리를 끊고 들어왔다. 나름대로 열심히 만들어 간 내 사업계획서를 노골적으로 조롱하기도 했다. 또 뭐라 그랬더라? 생각이 너무 '나이브naive하다'고 했던가?

'당신이 말하는 게 그렇게 좋은 아이디어라면 네이버나 카카오가 왜 안 했을 것 같냐'며 비꼬았다. 돈도 없는데 어떻게 그걸 할 거냐고 물었다. 또 계획이 너무 추상적이고 비즈니스 모델이 부실하다고 했다. 아니, 사업을 시작할 자본이 있고, 당장 실행할 만큼 구체적이고 명확한 모델이 있었으면 당신에게 투자나 조언 따위를 받으러 왔겠냐고. 그때 맘 같아선 내가 앉아 있던 의자를 들어서 내던져버리고 싶었는데, 아무래도 그러면 골치 아플 일이 생길 게 분명하니 집에 와서 침대 매트리스에 머리를 펑펑 처박는 걸로 분을 삭였다. 지금이야 이렇게 글로 쓸 정도가 됐지만, 그땐 정말로 화가 많이 났었다.

…해서, 나는 때때로 말할 필요가 있었다. 내가 하고 싶은 건 일이지, 을이 아니라고. 나는 미켈란젤로가 아니지만, 당신도 교황이나 황제가 아니라고. 거래처든, 사업주든, 출판사든, 편집자든 내 존재 자체를 부정할 권리는 없다고. 지금 생각해보면, 내가 지키고 싶은 건 자존심이나 체면 따위가 아니라 어쩔 수 없는 속성이었다. 출신이나 성별같이 타고난 그대로 받아들일 수밖에 없는 것들로 비난받고 고통받기는 싫다는. 이런 최소한

의 인정과 존중이 없다면 삶에는 잔혹함밖에 남지 않을 것이다.

결국, 사람이 사람이기 위해서는 저에게 주어진 것 이상의 용기를 발휘해야 한다. 사람은 어째서 이렇게 태어났을까. 왜 이리 골 때리게 만들어진 것일까. 아마도 그건 태초부터 이어져 내려온 질문일 것이다.

그저 그런 '기술자'로
명예로이 살아갈 것인가,
'예술가'로서
불행하게 죽을 것인가?

미켈란젤로쯤 되는 인간이라면,
자신이 미켈란젤로라는 확신이 있는 사람
이라면 일말의 고민조차 있었을 리 없다.

4.

윤동주

尹東柱

ㅇ

거대한 시계 앞에서 느끼게 되는 청춘의 무력감

"시야말로 문학의 제왕이라고 할 수 있지, 깔깔." 어느 저명한 문학가가 한 말이다. 뒤에 "깔깔"은 실제로 쓴 건 아니고 읽을 당시에 그런 뉘앙스를 물씬 느껴져 내가 임의로 붙였다. 전설적으로 놀라운 사실을 하나 더 말해주겠다. 나는 여기까지 쓰고 나니 저 '저명한 문학가'가 서머싯 몸이었다는 점이 떠올랐다. 대체 어느 나라의 건방진 작가 나부랭이가 저따위 비아냥을 쓰고도 목숨을 부지했나 싶었는데, 몸이었다면 십분 이해된다. 이젠 내가 붙인 깔깔이 과하게 설명적으로 느껴져서 원문의 조롱조를 살리지 못한 건 아닌지 걱정이 될 정도이다…. 아마 더 자세히 설명할 기회가 있을지도 모르는데, 몸은 또 이런 글도 썼다. 사람들은 어느 정도 나이를 먹고 나면 글이라는 걸 거의 읽지 않는다고. 과연 그렇게 생각하니 왜 오래 산 사람들일수록 소설 말고 시 얘기밖에 하지 않는지 알 것 같다. 본문은 짧은데 갖다 붙일 설명은 무한에 가까우니까. 여차하면 몇 문장 외우며 뻗대고 다니기에도 좋으니 이보다 효율적인 교양이 또 없다. 가히 문학의 제왕이라고 할 만하다!

당연한 이야기이지만, 시라는 분야를 능욕할 의도는 전혀 없다. 나도 시를 좋아한다. 시집 비슷한 단편선을 출판한 경험도 있다. 교과서적 문학론에 대해서는, 그건 역시 좋아한다고는 말할 수 없지만, 얼마간의 필요성은 이해하는 편이다. 문학 교습은-가끔은 그런 걸 학습한다는 게 불가능해 보일 만큼-어려운 것이다. 어쨌거나 우리의 교육이란 잘한 학생과 못한 학생을 점수로 따져 평가해야 하는 입장에 놓여 있으므로 현업에 종사 중인 교육인들의 노고를 비하할 목적도 없다. 어떤 국어교사가 〈죽은 시인의 사회〉에서 나오는 것처럼 '낭만적이고 자유분방한 문학 교육'을 꿈꿔보지 않았겠는가. 다만 나는, 혼돈과 광기의 7차 교육과정에 맞서 유년기를 희생한 과거가 있다. 그래서 '특정한 시문학에 있어 시대와 개인을 초월한 절대적인 아름다움이 있다'는 식으로 주장하는 데는, 솔직히 말해서 심통이 나는 쪽이다.

'원숭이가 타자기를 아무렇게나 써 갈기다가 완성한 셰익스피어의 비극'에서 진짜 셰익스피어가 쓴 비극만큼의 예술성을 느끼지 못하는 이유는 무엇인가. 일각에선 맥락을 이야기한다. 예술이란 우연의 결과물로서가 아니라, 본디 인간이 지닌 사고력과 미적 감각 등을 극대화한 결론으로서만 성립한다는 것이다. 맞는 말이라고 생각한다. 하지만 이 주장은 반대로 말해서, 교양 수준이 변변찮은 사람들, 또 지극히 평범하고 감각 없는 사람들은 예술을 예술로 인식하기 어렵다는 논리로도 이어진다. 그럼 아마도 이런 얘기가 나오지 않을까. 맥락을 완전히 배제할 수는 없겠으나 이른바 위대한 예술에는 인간의 본질을 꿰뚫는 무언가가 있다고. 고흐의 풍경화나 베토벤의 교향곡에서 느껴지는 것 같이 누구나 감지할 수 있는 직관성도 존재한다고. 이것도 맞는 말이다. 비록 인상주의는 19세기 미술사의 승리자가 됐고, 대규모 교향곡들은 당대 귀족들의 지지와 후원을 통해서만 만들어질 수 있었음에도 말이다. 어떻게 상호충돌하는 두 의견이 모두 옳을 수 있느냐고? 당연히 그럴 수 있다. 알다시피 예술이란 복잡한 것이니까. 그러나 그 와중에 나는 고민하게 된다. 과연 윤동주의 시는 어느

No.

죽는 날까지 하늘을 우러러
한점 부끄럼이 없기를,
잎새에 이는 바람에도
나는 괴로워했다.
별을 노래하는 마음으로
모든 죽어가는 것을 사랑해야지
그리고 나한테 주어진 길을
걸어가야겠다.

오늘밤에도 별이 바람에 스치운다.

1941.11.20.

쪽에 더 가까울까. 어떻게 윤동주를 두고 그런 고민을 할 수 있느냐고? 이 사람이, 당연히 그럴 수 있지. 보다시피 나는 내 생각보다 복잡한 인간이니까.

윤동주에 대한 나의 애정과 관심은… 이 글에서 재차 이야기할 만한 소재는 아닌 것 같다. 그러나 나는 학창 시절 때 국어 선생님께서, 윤동주의 시 〈자화상〉을 배울 당시에 하신 말씀을 여태껏 기억하고 있다.

"여러분한테 이런 말 하기는 좀 뭣하지만. 윤동주는 꼭 짚고 넘어가야 할 시인입니다. 왜냐? 수능 출제자 양반들이 엄청 좋아하거든요. 수능에서 가장 많은 작품이 인용된 시인이에요."

"왜 하필 윤동주인데요?" 어떤 학생이 물었다.

"좋은 질문이야. 그건 좀 정치적인 거라고 봐야죠."

정치적이라고? 나는 그 말이 도무지 납득되질 않았다. 이런 시를 아름답다고 느끼기 위해서, 그 무슨 정치적인 이유 따위가 필요하다는 걸까. 들으나 마나 실없는 소리일 거라고 생각했다. 하지만 그 뒤에 따라온 설명은 분할 만치 그럴듯하고 온당한 구석이 있었다.

국어 선생님의 말씀은 대략 이랬다. '윤동주의 시가 아름답긴 하지만' 당대 지식인들치고 글 쓰는 재주가 없는 사람은 거의 없었다. 그렇지만 당대 지식인들치고 취미로라도 사회주의를 하지 않은 인물은 윤동주 정도밖에 없다. 공교롭게도 윤동주는 1917년에 태어나서 – 러시아 혁명이 일어난 해이다 – , 1945년 광복을 몇 달 앞둔 어느 날 형무소에서 비극적으로 생을 마감한다.

"그게 윤동주에게는 가장 큰 장점이었던 거죠, 역사가들이 보기에는. 광복 이후까지 살아남았던 다른 문학가들처럼 월북할 수 없었으니까요…." 국어 시간이 끝나고, 선생님은 하던 말을 멈추고 교실 앞문을 나갔다. 반 친구들은 하나둘 일어나 화장실로, 다른 반으로, 다음 수업을 준비하러 뒤편의 사물함으로 이동하는데, 나 혼자 자리에 멍하니 앉아 그 시를 계속해서 읽었던 기억이 난다.

> 그리고 한 사나이가 있습니다.
> 어쩐지 그 사나이가 미워져 돌아갑니다.
> 돌아가다 생각하니 그 사나이가 가엾어집니다.
> 도로 가 들여다보니 사나이는 그대로 있습니다.

다시 그 사나이가 미워져 돌아갑니다.

돌아가다 생각하니 그 사나이가 그리워집니다.

북간도에서 태어나 서울에서 연희전문학교를 졸업하고 일본의 사립대학으로 유학까지 갔던 윤동주는, 일제 치하의 조선 기준으로 두말할 것 없는 지식인 계층이었다. 학업 도중에도 틈틈이 글을 쓰고 〈조선일보〉 학생란인 〈소년〉지에 시를 기고해 등단했다. 그래서 시인으로 알려져 있기는 하지만 시집은《하늘과 바람과 별과 시》 한 권뿐이며, 이마저 사후에 유고 시집으로 발간된 것이다.

맞다. 그 당시 식민 치하에 있던 대다수의 조선인과 비교했을 때, 윤동주가 겪은 삶의 질곡이란 그리 두드러진다고 할 만한 것은 아니다. 오늘날 대한민국에서 가장 사랑받는 시인을 두고 하는 말이 누군가에게는 배신처럼, 또는 신성모독처럼 느껴질는지도 모른다. 그래도 나는 이야기해야겠다. 그의 삶은 비극적이었을지 몰라도 영웅적이지는 않았다. 그의 시는 이육사만큼 비장하지도 않고, 정지용만큼 민족적이지도 않다. 분석적으로 접근하면 어떨지 몰라도 내가 읽은 바로는 그렇다. 꽤 자주 목가적이고 때때로 자기 연민과 부끄러움에 몸 둘 바 모르는, 말수 적고 수줍은 인상의 유학생 같은 이미지가 가장 강하다.

그와 그의 시에서 받은 인상, 한줄 한줄의 동경에도 불구하고, 윤동주라는 세 글자는 내 머릿속에서 불분명한 형체로 떠오른다. 요컨대 그는 독립운동가라고 하기에는 나약하다. 시인이라고 하기에는 체포 당시에도 학생 신분이었다. 안중근도 이육사도 아닌데 괴테나 바이런이라고도 할 수 없다. 나는 '윤동주 역시 위대한 독립운동가였다'라거나 '분명한 저항시인이었다'라고 주장하는 것이 부끄럽다. 그건 사실이 아니기 때문이다. 본인의 시에서부터 부정하고 있지 않은가. 내면의 열망과 일상을 짓이기는 창피함에도 불구하고, 어디로든 나서지 못한 채 글밖에 쓰지 못하는 자신을 부끄러워하고 있지 않은가. 유학 때문이라고는 해도 '히라누마 도슈平沼東柱'라는 이름으로 창씨개명을 하고, 그 대학 생활에도 적응이 힘들었는지 학적을 옮겼다. 그나마 학교는 얼마 다니지도 못한 채, 터무니없는 이유로 잡혀다가 실형을 선고받은 뒤 감옥에서 쓸쓸히 죽었다. 나는 윤동주를 동정했다. 마지막 순간까지 자신을 용서할 기회가 없었을 그의 나약함을 연민했다. 그러다 깨달았다. 윤동주의 시에서 느껴지는 울림은 문학적 장인의 완성된 기교도 아니요, 반박할 수 없는 순수함의 맥락도 아닌, 거대한 시계 앞에서 느끼게 되는 청춘의 무력감…. 바로 그 지점에서의 동질감이었다.

절대적인 시문학의 품격이 있다고들 한다. 사상적 순수성과 숨겨진 저항성이 시의 가치를 증명한다고들 한다. 〈별 헤는 밤〉과 〈서시〉에 등장하는 아름다운 문장을 머그컵과 태피스트리에 새긴 뒤 매대에 올린다. 그런 문학의 쓰임새 역시 중요한 것이기는 하지만, 늦게나마 윤동주라는 인간 자체를 마주하게 된 방법이 내게도 있다. 기성세대가 입혀놓은 명문 사학의 졸업복이나, 수능 및 모의고사 출제의 편의성, 비평론에 입각한 언어적 해부가 아니다. 나는 그의 부끄러움을, 이십 대 청년으로서 느꼈을 평범한 두려움을, 지혜롭고 강인하고팠을 열망을, 하나 끝내 해낼 수 없었던 안이함을 사랑하게 됐다. 그러므로 나는, 추억처럼 있는 그 사나이에게, 언제나 최초의 악수를 건넬 수밖에….

윤동주의 시에서 느껴지는 울림은
문학적 장인의 완성된 기교도 아니요,
반박할 수 없는 순수함의 맥락도 아닌,

거대한 시계 앞에서 느끼게 되는 청춘의 무력감….
바로 그 지점에서의 동질감이었다.

5.

스탠리 큐브릭

Stanley Kubrick

◦

이렇게까지 해야 할까 싶은, 광적인 집념

"그 새낀 씨발놈이야." 커크 더글라스는 스탠리 큐브릭과 함께 일하고서 이렇게 말했다. "그렇지만 재능 있는 씨발놈이지."

〈2001: 스페이스 오디세이〉로 말할 것 같으면, 누구나 한 번쯤 제목은 들어보았을 만큼 유명한 작품이다. 한때는 교과서에서도 언급이 될 정도였다. 아무튼 그게 '우주를 배경으로 한 SF 영화구나'라는 건 보기도 전에 알고 있었다. 애초에 그런 장르에 환장하기도 하고. 그렇지만 나도 이 영화를 끝까지 보고 나서는, 얼마간 얼이 빠진 표정으로 화면 앞에 앉아 있었다. 〈스타워즈〉나 〈마션〉 같은 스페이스오페라를 기대한 건 아니었는데. 이건 뭐랄까, 대체 뭐 때문에 그런 충격을 받게 되었는지도 설명하기 어렵다.

말해두지만 그건 뭇 스릴러 영화에 등장하는 반전 같은 게 아니었다. 고의적으로 엿을 먹이려는 것도 아니고, 실없는 농담 따먹기도 아니다. 그 충격적인 결말 전반에는 실로 비장하다고 해도 좋을 진지함이 일관되어 있다. 그게 정확히 뭔지는 모르겠지만 아무튼 진심이라는 것만은 확실하게 느껴진다. 따라서 그 순간만큼은 개연성의 결핍이 무시되고, 영상이 가진 '무자비한' 불가해성에 압도된다. 나는 큐브릭의 모든 영화를 봐야겠다고 결심했다. 그렇지만 직접 시도해본 입장에서, 큐브릭의 영화를 연속해서 보는 건 추천할 수 없다. 정신질환이 있는 사람에게는 더욱이 그런데, 이 양반의 영상은 대체로 머릿속에 있는 오만 잡다한 것들을 분자 단위로 쪼개 놓는 느낌이 든다. 시리즈로 볼 만한 것들은 절대 아니다. 대체로 러닝타임이 길기도 하고.

여하튼, 큐브릭의 세계에 난해한 점이 있다는 건 누구나 인정할 만한 사실이다. 그의 필모그래피에는 아무리 좋게 포장을 해도 친절하거나 따뜻하다고는 할 수 없는 영화들뿐이다. '그렇게들 명작이라고 하길래 나도 봤는데, 솔직히 너무 지루했고 이해도 안 됐어' 하고 실망하는 사람도 상당수 있다. 그건 당연한 현상이다. 제각기 가진 영화 취향이라는 게 있는 데다가, 자신이 납득할 수 있는 콘텐츠를 선호하는 경우도 많기 때문이다. 다만 그렇다고 해서 스탠리 큐브릭이라는 인물이 '대중영화나 찍는 주제에 예술 병 걸려서 천재 놀이나 했던 감독'쯤으로 폄하되는 건 속상한 일이다. 만일 큐브릭이 무슨 척 같은 걸 했다면-깊이도 재능도 없는 감독이 예술적인 척을 한 것이 아니라-아는 게 지나치게 많은 감독이 대중적인 척을 했다는 쪽에 가깝다. 큐브릭만큼 매니악하고 집착적인 면모를 가진 사람이, 대중성'까지' 갖춰나가며 자신의 작품 세계를 납득받는 것이다.

스탠리 큐브릭은 병적인 완벽주의로도 잘 알려져 있다. 촬영장에 있는 모든 요소를 통제하려고 했고, 중요해 보이지 않는 장면을 수십 번이나 다시 찍었으며, 영화적 연출과 편집에 지나치게 많은 공을 들였다. 그런가 하면 자신의 촬영기준에 맞추기 위해서는 수단과 방법을 가리지 않았다. 잭 니콜슨의 광기 어린 연기로 잘 알려진 〈샤이닝〉의 사례가 대표적이다. 큐브릭은 여자 주연을 맡은 셜리 듀발에게 유달리 짜증스럽게 대했고, 모

ARRIFLEX

든 스태프가 보는 앞에서 망신을 주며 왕따 분위기를 조성했다. 프레임 안의 그녀가 늘 안절부절못하고 불안한 인상을 줘야 한다는 이유 때문이었다. 미쳐버린 잭 토렌스가 화장실 문짝을 도끼로 부수고 얼굴을 들이미는 그 장면에서, 진심으로 경악하고 절규하는 웬디의 모습은 그렇게 탄생했다. 결과적으로는 큐브릭의 집착적인 디테일을 가장 잘 보여주는 일화가 됐지만, 배우 본인이 겪었을 상처를 생각하면 '정말 이렇게까지 해야 했던 걸까?' 싶기도 하다. 말 그대로 '유능한 씨발놈'이다.

그래도 꿈보다 해몽이라고, 결국은 잘된 다음에 이런저런 주석을 갖다 붙이는 것 아니냐는 반론도 있다. 사실 이건 영화뿐 아니라 거의 모든 형태의 현대예술에 제기할 수 있는 의문이다. 한데 큐브릭에 대한 평가가 늘 호의적이지만은 않았던 것 같다. 〈2001: 스페이스 오디세이〉 개봉 당시, 한 평론가는 '큐브릭 영화에서 뭔가 찾아낸다면, 아마도 마리화나를 빨아서 그럴 것'이라고 비아냥댔다. 심지어 그의 영화에 투자한 영화사 경영진들도 "젠장 돈 날렸네" 하고 단체로 극장을 빠져나갔다. 지금이야 후대 영화감독에게 막대한 영향을 끼친 거장으로 남아서 각양각색의 해석과 음모론까지 쏟아지지만, 그의 작품이 '예술적으로 해석될 권리'를 얻기까지는 꽤 긴 시간이 필요했다.

큐브릭은 여러 분야의 예술에 관심이 많았던 것 같다. 재즈와 클래식 등 다양한 장르의 음악이 영화에 삽입됐고, 〈시계태엽 오렌지〉에서는 현대적인 조형미술을 카메라에 담았다. 또 18세기 유럽을 배경으로 한 〈배리 린든〉에서는 《햄릿》의 한 장면을 오마주 하는가 하면, 자연조명도 곧잘 사용하며, 구도 등에서는 베르메르와 호퍼의 그림을 연상케도 한다…. 사실 이런 건 아무래도 좋다. 기왕 보는 것, 눈치채면 더 재밌게 볼 수 있지만 그때그때 캐치하지 못한다고 해서 교양이며 독해 능력이 부족하다고 할 수는 없다.

가령 큐브릭과 체스를 한판 둔다 치자. 백으로 선공을 잡은 당신은 킹 앞에 있던 폰을 앞으로 두 칸 전진시킨다. 그럼 큐브릭은 삼십 초쯤 정지화면처럼 가만히 있다가, 오른쪽 비숍 열의 폰을 두 칸 빼는 것이다…. 이것은 체스에 대해 잘 모르거나, 적당히 서양식 장기 정도로 알고 있는 사람이라면 평범하게 볼 장면이다. 승부가 결정되는 중후반도 아니고, 첫수부터 그렇게 고민하는 걸 보면 속이 답답해질지도 모른다. 그러나 어디서 체스 좀 둬봤다 싶은 사람이라면 그 평범해 보이는 행마가 널리 알려진 오프닝 전술, 즉 시실리안 디펜스Sicilian Defense라는 것을 금방 눈치챌 것이다. 나아가 공격 기회를 쉽게 내주지 않겠다는 의지까지 읽어낼 수 있을지 모른다. 이런 건 자신의 관심 분야에서 찾을 수 있는 또다른 즐거움이다. 큐브릭은 자타가 공인하는 체스 마니아이기도 했다.

소비자가 '자신의 이해 범주를 넘어서는 콘텐츠'에 거부감을 느끼는 건 흔한 일이다. '대체 이게 뭐지? 나만 이해 못 하고 있는 건가'라는 당혹감은 '지랄하고 있네. 이딴 병신 같은 거에 지나치게 의미부여 하는 니네가 이상해'라는 적개심으로 이어진다. 내 생각에 이런 현상은 어느 한쪽의 잘못이 아니다. 그보다는 예술적 소양에 절대적인 기준이 존재한다고 믿는 사회 분위기와 그 속에서 무지한 인간으로 취급되고 싶지 않은 개개인의 충돌 같다. 하루가 다르게 너무 많은 것이 바뀌는 현대사회가 아닌가. 사람들에게는 자잘자잘한 것을 오랫동안 생각

할 여유가 그다지 없다. 여가 시간을 쪼개서 보는 영화에, 드라마에, 보다 단순명료한 재미를 바라는 건 잘못이 아니다. 그 때문에 누군가에게 "아는 만큼 보인다"는 조로 말할 때는, 이것이 혹 교묘한 폭력이나 오만함의 표상이 되지나 않을지 생각해보아야 한다.

큐브릭의 영화를 본 것은 자랑거리가 아니다. 그는 대중적으로도 크게 성공한 상업 영화감독이니까. 반면 큐브릭의 영화를 보지 않은 게 부끄러운 일도 아니다. 요즘 기준으로는 개봉한 지 수십 년 된 옛날 영화이고, 낯선 주제들에 상영 시간도 길어 손대기 힘든 작품들이니까. 어쩌다 영화를 보긴 봤지만 이해하지 못했다면? 그래도 주눅들 필요 없다. 대다수는 당신과 비슷하게 느꼈을 것이다. 그런데, 보다 보니 뭔가 재밌는 것 같다면, 평범함 속에 늘 뭔가 감추고 있는 듯한 긴장감이 마음에 든다면. 축하한다. 당신은 본인 취향에 딱 맞는, 때마침 위대하고 독특하기까지 한 영화감독을 한 명 찾았다.

여가 시간을 쪼개서 보는 영화에,
드라마에, 보다 단순명료한 재미를
바라는 건 잘못이 아니다.

그 때문에 누군가에게
"아는 만큼 보인다"는 조로
말할 때는,

이것이 혹 교묘한 폭력이나 오만함의
표상이 되지나 않을지 생각해보아야 한다.

6.
스콧 피츠제럴드

Francis Scott
Key Fitzgerald

◦

"맞아, 개츠의 아버지는 루터교 신자였지…."

피츠제럴드를 생각할 때면 현기증이 난다. 그는 내가 가장 애착하는 작가 중 한 명이다. 《위대한 개츠비》는 지금껏 내가 읽은 장편소설 중에서 최고의 작품이다. 그러나 나는 동시에, 사석에서는 피츠제럴드나 그의 작품-특히 《위대한 개츠비》-에 관해 이야기하는 것이 두렵다. 좋아하는 만큼 즐겁게 얘기를 꺼낼 법도 한데 그렇지가 않다. 웬만해서는 피하고 싶은 마음이 먼저 든다. 그건 그와 그의 소설이 충분히 위대하지 않기 때문이 아니라, 그가 가장 두려워하던 방식으로 위대해졌기 때문일 것이다.

창작과는 별 관계가 없는 사람들이 속칭 '작가양반'에게 가할 수 있는 최고의 공격은 무엇일까? 재미없다거나 수준이 낮다거나 재능이 없다는 말로는 조금 아쉬울 때,

어떻게든 이 자식의 창작 욕구며 예술적 성향을 짓밟아 뭉개버리고 싶을 때는 어떤 말을 해야 가장 효과적일까? 내가 알려주겠다. 그건 바로 작가들의 인생이며 창작물들을 도매금으로 뭉뚱그려 말하는 것이다. 예를 들면 이렇게.

"아, 피츠제럴드? 한 번 읽어봤는데 글이 너무 찌질하다고 해야 하나, 문장이 길어서 별로던데?"

"맞아. 난 헤밍웨이가 더 낫더라."

"《위대한 개츠비》도 반쯤 읽다가 지루해서 다 못 읽었어. 그래도 영화는 볼만 하던데."

"나도 그건 봤어. 늘 생각하는 거지만 레오는 연기를 참 잘하더라."

많은 사람이 모인 곳에서 이런 대화가 나올 때면, 나는 일인칭 피츠제럴드 시점에 이입하지 않고자 온몸의 신경을 곤두세운다. 하지만 그렇게라도 애를 쓰지 않으면 안 된다. 피츠제럴드를 너무 존경하고 사랑하는 나는 그의 삶과 소설에 너무 깊게 이입한 나머지 그런 이야기를 하는 인간들의 머리통을 테이블 모서리에 찍어버리고 싶은 충동에 휩싸이기 때문이다. 하다못해 나는 자리에서 벌떡 일어나서 이렇게라도 소리치고 싶다.

"이 빡대가리 새끼야! 《위대한 개츠비》를 읽고 한다는 소리가 겨우 '데이지 썅년'이나 '아 개츠비처럼 수단 방법 가리지 않고 일단은 성공해야 되는데' 같은 말이냐? 넌 씨발 그 책을 읽은 게 아니야, 이 병신아! 그냥 있어 보이는 외국 작가 이름에 고전 타이틀이 붙은 장르 소설을 읽었을 뿐이지! 기껏해야 영화나 보고, 인터넷에서 그 영화를 잘라 만든 짤방이나 몇 번 보고, 내용 요약된 영상이나 위키 좀 읽었다고 네가 《위대한 개츠비》를 다 이해했다는 듯 지껄이지 말라고! 좆같다고! 아아악!"

물론 내게는 저렇게 말할 자격이 없다. 주제넘은 발언이기도 하거니와, 이런 말에는 명분도 확실치 않다. 나는 정말로 피츠제럴드 대신 분노하고 있는 것인가? 아니면 그저 세상이 다 아는 걸작을 앞에 두고 "너희 같은 개돼지들은 이런 명작을 제대로 이해하지 못해!" 따위의 말들을 지껄이며 알량한 선민의식을 누리려는 것인가? 정말 그 자체로 의미가 있다면, 구태여 내가 나서서 변호할 필요가 있는가? 난 대체 무엇 때문에 책을 읽는 것

인가? 문학이 좋아서인가, 아니면 남들보다 고상한 인간이 되어가고 있다는 흡족함 때문인가? 그러니 이러니저러니 해도 결국은 "맞아, 개츠의 아버지는 루터교 신자였지…." 같은 헛소리로 어물쩍 넘어가고 만다.

실제로 《위대한 개츠비》를 깊게 탐독하기 위해서는 서구 문명에 대한 역사적, 문화적 이해가 뒷받침되어야 한다. 가장 일반적인 배경지식으로는 미국으로 간 유럽계 이민자들의 유럽에 대한 향수와 동경 그리고 모순인데, 그걸 거슬러 올라가면 기독교 신앙의 분리와 아일랜드-더 넓게 보면 켈트-계의 인종적 문제도 연관된다. 그래서 배경지식 없이 보면 '데이지가 개념이네' '사람들이 못됐네' 정도의 얕은 감상으로 시작하더라도, 배경지식을 쌓을수록 그 아득한 문학적 깊이를 실감하게 되는 것이다. 당장 '서쪽이 동쪽을 부러워한다'는 방향성만 알아도 글이 너무도 달라 보인다. 개츠비가 옥스퍼드라는 학벌에 집착하는 이유부터 게르만족의 대이동까지도 한데 엮는 게 가능해진다. 피츠제럴드Fitzgerald라는 성이 앵글로-노르만 계열로 분류된다는 점도 의미심장하다. 'Fitz'는 중세 유럽어로 'Son of'라는 뜻인데, 영어권 이름인 존슨Johnson이 '존의 아들'을 의미하는 원리와 비슷하다. 결국 피츠제럴드의 성은 그가 잉글랜드에서 온 이민자 출신임을, 그중에서도 주류가 되지 못한 아일랜드계였음을 시사한다. 어디서든 핵심이 되고 싶어 서쪽으로, 계속해서 서쪽으로 향하는 사람들. 만일 그의 성이 제럴슨Geraldson이었다고 해도 《위대한 개츠비》와 똑같은 글을 쓸 수 있었을까? 아니라고 생각한다. 이름에는 힘이, 우리가 다 실감하지 못할 정도로 큰 힘이 있다.

어떤 평론가들은 피츠제럴드를 역사상 가장 미국적인 소설가였다고 평하기도 한다. 그만큼 피츠제럴드의 소설은 서구중심적이며, 순전한 '그 시절 미국인'의 관점에서 쓰였기 때문에, 이 동양의 작은 반도국 사람들이 이렇다 할 감회를 느끼지 못하는 것은 되레 자연스럽기까지 하다. 사우디 사람이 《소나기》를, 스위스 사람이 《운수 좋은 날》을 완전히 이해하지 못하는 것만큼이나 당연한 일이다. 《위대한 개츠비》를 피상적으로 이해한다는 것이 그들을 마땅히 미워하거나 무시할 이유가 될 순 없는 것이다. 나는 피츠제럴드의 글과 그 술자리 사이에 겹쳐 보이는 모습, 그 인상 때문에 울적해졌다.

시대는 이천이십년. 바다 건너 미국의 치세를 동경하는 한국에서. 갈수록 번지르르해지는 이 시대를 살아가기 위해…. 단편적인 감상들이나마 지적 소양으로 삼아야 하는 사람들. 고독함이라고는 일절 존재하지 않는다는 듯이 지나쳐가는 음악들. 저마다 뚜렷한 행복으로 점철된 광고들. 세련되고 우아한 레스토랑의 영어 간판들 속에서… 나는 어렴풋이 떠올리지 않을 수 없는 것이다. 지긋지긋한 촌 동네를 벗어나 서울로 올라온 어떤 소년. 수단과 방법을 가리지 않고 성공해 청담동에 펜트하우스를 마련하고, 인기 DJ와 연예인들을 초대해 매일같이 파티를 벌이게 되는…. 언젠가 우연히 만났던 평창동 출신의 그녀를 그리워하며, 한밤중 발코니에 서서 남산타워의 불빛을 바라보는. 지금 어딘가에 살고 있을 대한민국의 개츠비를.

마지막 문단에 와서 고백하자니 좀 낯부끄럽지만, 이 글은 얼마든지 더 길게 쓸 수 있는 글이었다. 그의 생애에서 찾을 수 있는 자극적 소재는 그야말로 백과사전 수준이어서, 이 부분의 대가라 꼽히는 헤밍웨이도 거뜬히 능가한다. 가령 지금은 가장 높이 평가받는《위대한 개츠

The GREAT GATSBY
F·SCOTT·FITZGERALD

THE VEGETABLE
BY
F. SCOTT FITZGERALD

THIS SIDE OF PARADISE
By F. Scott Fitzgerald

비》가 작가 생전에는 그다지 주목받지 못한 작품이었으며, 피츠제럴드 생전에 거뒀던 가장 큰 성공은 데뷔작이었던 《낙원의 이편》이었다는 것, 중산층이었던 그가 베스트셀러 출간 직후에 귀족 집안 자제인 젤다 세이어와 결혼에 골인한 사실이나, 그런 그녀의 낭비벽이 너무 심해서 잡지에 단편소설을 연재하며 생계를 이어나갔다는 것 등… 이더라도 나는 괜히 말을 삼키고 말 것이다. 왜냐니, 그야 나는 피츠제럴드를 이야기하는 데 익숙지 못하니까.

난 대체 무엇 때문에 책을 읽는 것인가? 문학이 좋아서인가, 아니면 남들보다 고상한 인간이 되어가고 있다는 흡족함 때문인가? 그러니 이러니저러니 해도 결국은 "맞아, 개츠의 아버지는 루터교 신자였지…." 같은 헛소리로 어물쩍 넘어가고 만다.

7.

마일스 데이비스

Miles Dewey Davis
III

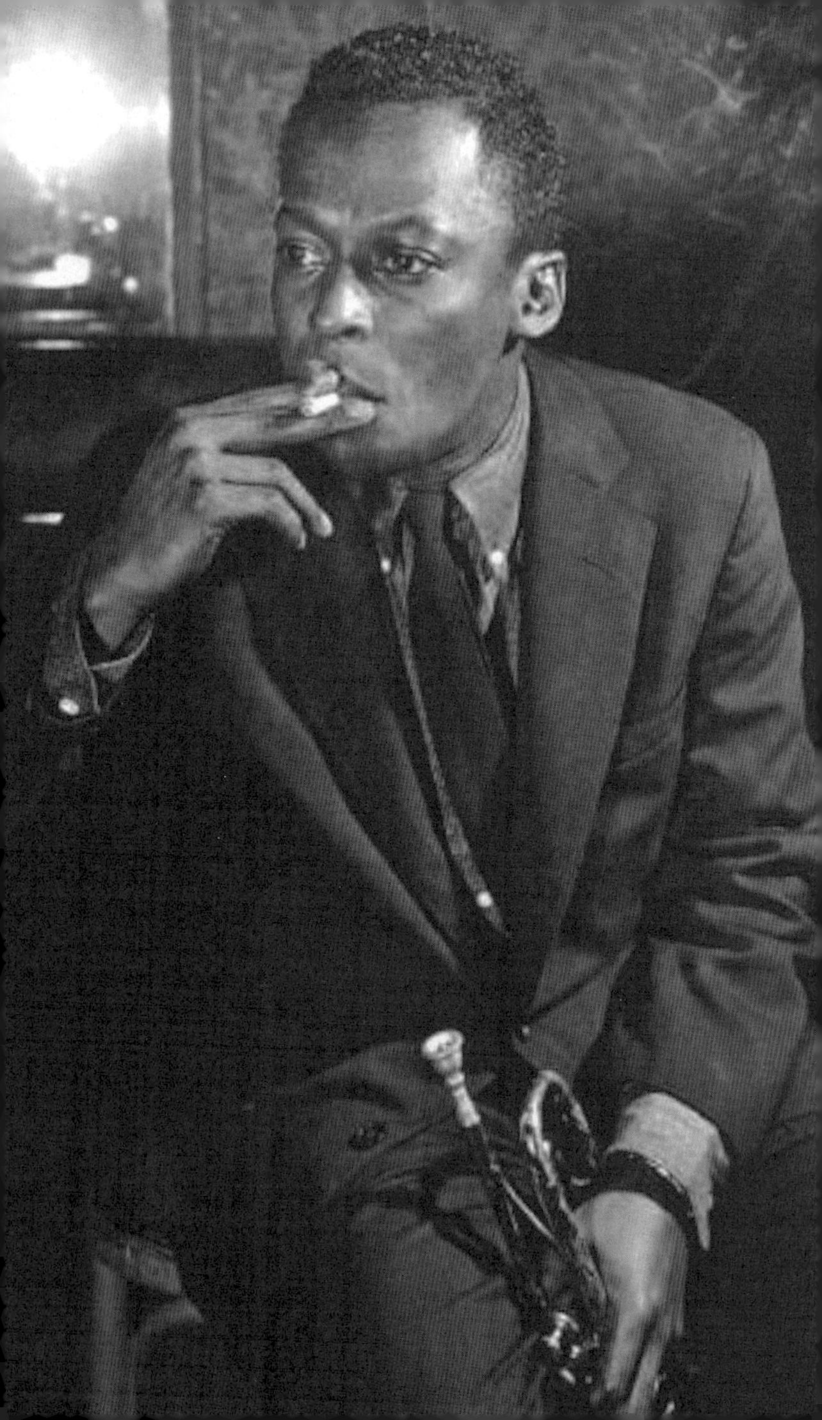

트럼펫으로 음표를 도려낼 수 있다면

“근데 트럼펫 소리는 다 거기서 거기 같아. 하나같이 너무 시끄럽다니까.” 그녀의 말에 동의했었다. 다만 완전한 동의는 아니었는데, 그건 마일스 데이비스 때문이었다. 나는 다른 건 몰라도 마일스만큼은, 그 어떤 트럼펫 연주가들 사이에서도 명백하게 구분해낼 자신이 있다. 결국에는 똑같은 악기 소리 아니냐고? 그럼 솔직히 할 말은 없다. 어떤 과학적 근거도 논리도 없는데, 그냥 마일스는 구분이 된다. 딱히 다른 음을 내는 건 아닌데도. 그런 감각을 설명해보라고 하면 실로 난감하다. 하기야 시끄러운 건 매한가지지만.

내게 있어 트럼펫이란 서양의 태평소 같은 이미지였다. 누가 들어도 나팔 소리임을 알 수 있다. 하지만 누가 부는 나팔 소리인지는 분간이 어렵다. 떠들썩하고, 붕

떠 있고, 정신없이 신나는 악기. 귀를 찔러대는 소리, 높고 가파른 음역과 압도적인 존재감. 이런 건 우수에 잠겨있거나 평화로운 분위기를 만끽하고 싶을 때는 방해만 된다. 요컨대 트럼펫은 배경음이 되길 거부하는 악기다. 제대로 각 잡고 감상하든가, 아니면 저기 가서 웃기지도 않은 엘리베이터 뮤직이나 듣든가 라는 식이다.

평소에 거의 항상 재즈를 틀어 놓는 편이다. 집의 블루투스 스피커에서는 온종일 재즈가 흐르고, 글을 쓸 때도 그때그때 내키는 장르의 재즈를 찾아 튼다. 마일스 데이비스는 당연히 좋아한다. 다큐멘터리고 평전이고 한국어로 번역된 건 죄다 찾아봤을 정도다. 〈카인드 오브 블루Kind of Blue〉가 인류사에 남을 명반이라는 데에도 이견이 없다. 그렇지만, 그럼에도 일할 때 흘러나오는 'So what'만큼 나쁜 트랙도 없다는 것이 나의 공식적인 입장이다. 이럭저럭 글을 끼적이다가도, 난데없이 칼춤 추는 트럼펫 소리가 시작되면 정신이 아득해진다. 그래서 "아 음악 더럽게 시끄럽네. 일을 못 해 먹겠네." 하고 투덜거리다 음악을 바꾸려고 보면 여지없이 'So what'이다.

재즈 그 자체. 마일스 데이비스의 대표곡. 각성한 존 콜트레인과 체임버스의 베이스라인. 일하는 데 방해가 되면 재생 목록에서 지워버리면 그만이다. 하지만 이 곡만큼은 그렇게 할 수 없다. 재즈를 좋아한다면서 'So what'을 빼고 듣는다? 그건 반역이다. 재즈에 대한 명백한 반역. 때문에 나는 'So what'이 흘러나올 때마다 그에게 간청한다. "제발, 마일스. 저 일하는 중이라고요. 마감이 이틀이나 밀렸다니까요." 그러면 마일스는 한결같이 답한다. "그래서 어쩌라고?" 그렇다. 나팔 소리는 일하는 데 방해가 된다. 그래, 그렇게 생각하던 시절도 있었다.

굳이 말할 것도 없지만, 마일스 데이비스는 트럼펫 연주의 최고 달인이다. 스무 살 때 찰리 파커의 사이드맨으로 활동을 시작해 미국 전역을 다니며 경험과 기술을 갈고 닦았다. 줄리어드 음대 출신으로 탄탄하게 다져진 기본기 위에 찰리 파커의 자유분방한 기교가 더해지며 그의 트럼펫 연주는 매우 이른 나이에 경지에 이른다. 마일스에게 유독 비판적이었던 평론가들조차도 연주 실력만큼은 당대 최고의 트럼페터였던 디지 길레스피와 견주었다. 상상이 되는가? 이십 대 중후반의 나이에 이미 자기 분야의 최고 실력자가 돼버린 것이다. 내가 알기로 이보다 더 일찍 완전체가 된 생물체라고는《드래곤볼》의 '셀-이쪽은 여섯 살에 완전체가 됐다-' 정도밖에 없다.

그런데 어떤 분야의 정점에 오른다는 것은, 정작 도달하고 나면 따분하기 그지없나 보다. 우주 최강이라는 설정의《원펀맨》주인공 '대머리 망토'도 그렇잖은가. 제아무리 실력이 뛰어나다 한들, 맞수가 없으면 의욕도 떨어지기 마련이다. 주위의 열성과 찬양에도 무감각해지고…. 경쟁자라곤 과거의 나 자신밖에 없는, 권태로 가득 찬 여생만 남는다. 이런 삶은 부러워할 것이 아니라 오히려 연민해야 할 것에 가까울지도 모른다. 쇼펜하우어의 말마따나 권태란 직접적인 고통만큼이나 큰 불행이기 때문이다.

그래서일까, 한 번 정점을 찍은 예술가는 크게 두 갈래의 여로를 걷는다. 삶의 공허와 권태를 못 이겨 쾌락에 빠지는 경우가 첫 번째. 전설적인 재즈 색소포니스트로 이름을 날렸지만, 마흔이 안 된 나이에 술과 마약, 섹스에 빠져 죽은 찰리 파커가 대표적이다. 이 경우 비극적인 죽음이나 드라마틱한 스토리가 있다면 사후에 칭송받을 여지가 있으나, 대다수는 그저 추하게 죽음을 맞이한다. 그런 예술가들은 쉽게 잊힌다. 그 사람, 한때는 잘 나갔는데 지금은 어떤지 모르겠네. 죽었다고? 저런.

두 번째는 이 경우가 되기 싫어 발버둥 치는, 어떻게든 새로운 과제를 찾아 자기혁신을 멈추지 않는 족속들이다. 그리고 마일스는 정확히 두 번째에 속하는 사람이었다. 한때 그가 동경해 따라다녔던 천재 중의 천재, 그 위대한 재능의 찰리 파커가 그토록 허무한 죽음을 맞이했기 때문에. 마일스는 그렇게 죽고 싶지 않았다. 그래서 평생에 걸쳐 경쟁할 수 있는 새로운 목표이자 경쟁자를 찾았다. 마일스는 트럼펫이라는 악기와 싸웠고, 재즈라는 장르와 경쟁했으며, 음악이라는 개념에 도전했다. 일찌감치 회화에 통달한 피카소가 그러했듯 말이다.

나는 앞에서 트럼펫이 '배경음악이 되길 거부하는 악기'라고 썼다. 그렇다고 마일스가 얌전히 배경음악이 되는 길을 선택했느냐면, 그건 또 다른 이야기이다. 마일스

의 카리스마는 날이 갈수록 강력해졌으며, 연주에는 점점 더 짙은 자아가 담겼다. 단지 그는 기교 부리지 않는 기교를 발휘했다. 미리 말해두지만 내 생각에 실력이 부족해서 못 하는 것과 얼마든지 할 수 있는데 일부러 안 하는 것은 온전히 다른 차원의 일이다. 가령 마티스나 피카소의 그림을 두고 "에이, 이런 건 나도 그릴 수 있겠네" 하며 비아냥대기는 쉽다. 그러나 그만한 재능과 실력을 갖췄음에도 불구하고 그렇게밖에 하지 않는 선택지를 고르는 데에는 용기가 필요하다. 레벨 99에 압도적 장비가 있는데도 맨몸으로 싸우는 꼴이니까. 하여간 마일스의 용기란 요란한 트럼펫에 소음기를 달고, 자유분방한 연주 대신 제한된 몇 가지의 음을 입체적으로 내는 데 집중하는 식이었다. 마일스는 최고의 트럼페터, 대단한 재즈 뮤지션에 그치지 않고 위대한 예술가로서의 길을 걷기 시작했다. 그리고 정말로 그렇게 되었다. 마일스가 남긴 음악과 삶은 지금도 수많은 사람에게 영감을 준다. 나 역시도 그중 하나이다. 루이 암스트롱도, 디지 길레스피도, 클리퍼드 브라운도 리모건도 좋지만, 기왕 트럼펫을 분다면 나는 마일스 데이비스가 되고 싶다.

예술, 창작에 절대적인 기준을 부여하려는 시도는 계속해서 있었다. 어쩌면 인류의 역사만큼이나 오래됐을지 모른다. 나는 창작자와 대중, 그리고 평론가 집단이 겪는 갈등이 지극히 자연스러운 현상이라 여기지만, 그런 갈등의 기준이 그저 기술적인 완성도나 직관적인 요소에 국한되지 않았으면 하는 바람이 있다. 물론 그러지 말란 법은 없다. 그래서 아마도 나는 슬플 것이다. 내가 사랑하는 무언가, 어떤 예술의 위대함이라는 것이, 그저 유튜브 조회수와 팔로워 숫자로 판단될 뿐이라면. 헤밍웨이의 위대함이 노벨상 수상과 여섯 개의 단어로 소설을 쓸 수 있다는 사실로부터만 나온다면.

다시 돌아가서, 나는 "트럼펫 소리는 모두 똑같다"라는 말에 저항할 수 없었다. 음악은 소리의 진동이니까. 마일스의 '도' 역시 여타 트럼페터의 '도'와 다르지 않은 파장이라는 말에, 이렇다 할 근거를 들며 반박할 수도 없었다. 내가 할 수 있는 일이라면, 기껏해야 그녀에게 헤드셋을 씌워주면서 이렇게 말하는 정도였다. "한번 들어봐. 누군가 나팔로 음표를 도려내는 것 같으면, 그가 바로 마일스 데이비스야."

마일스는 그렇게 죽고 싶지 않았다.
그래서 평생에 걸쳐 경쟁할 수 있는
새로운 목표이자 경쟁자를 찾았다.

마일스는 트럼펫이라는 악기와 싸웠고,
재즈라는 장르와 경쟁했으며,
음악이라는 개념에 도전했다.

8.

서머싯 몸

William Somerset
Maugham

°

아득히 먼 곳에서 전해지는 동질감, 혹은 위로

헤밍웨이는 '불우한 유년기'를 작가에게 필요한 지고의 재능으로 꼽은 바 있다. 노벨문학상 수상에 빛나는 대문호가 이런 언급을 했다는 점은 개인적으로 신나는 동시에 위로되는 이야기일 수밖에 없다. 나야 다른 건 몰라도 우울한 성장기로는 어디서도 빠지지 않기 때문이다. 출신이 하찮을수록 재능이 있다는 얘기는 개인적인 입장을 빼놓고 봐도 낭만이 있다. 문학이라는 분야 자체를 입체적으로 재창조하는 동시에 주류예술에서 소외될 수밖에 없는 계층－무산계급, 비 엘리트 그리고 대중－에 건네는 위로이기도 하니까.

아니, 사실은 그렇지 않다. 그건 단순한 위로가 아니었다. 심지어 나는 분노했다. 이 사실이 명백한 사회적 공감대로 자리 잡지 않았다는 것이 부당하고 느꼈다. 이

토록 뿌리 깊고도 명백한 계층의 사다리가 있는데도 불구하고 왜 모든 '흙수저'가 글을 쓰지 않는지 도대체 이해가 되지 않았다. 그 자극이 어찌나 강렬했던지 한때는 지배계층의 음모라고 여겼을 정도다. 소외계층이 가진 문학적 잠재력을 두려워한 나머지 구조적인 억압이 자행되고 있는 건 아닐까 하는. 이제는 나름 유쾌하게도 말할 수 있게 됐지만…. 진지하게 이렇게 생각한 때도 있었다. 책의 날개를 펼쳐 작가의 이력을 확인하고 중산층 이상의 명문대 출신이라고 판명될 시에는 일부러 책을 읽지 않은 적도 있었다. 물론 이러한 저항은 오래갈 수 없었다. 기간으로 치면 일 년도 채우지 못했는데, 이런 기준을 세워놓고 검열하니 읽을 수 있는 책이 거의 없었기 때문이다.

실제로 책을 출판한 작가 중에 대졸 미만의 학력을 지닌 사람은 찾기 어렵다. 나아가 내가 보기에 '결코 부유하다고 할 수 없는 가정환경에서 태어난' 사람은 거의 없었다. 연예인이나 스포츠 선수 중에는 불우한 유년기를 지낸 이도 심심찮게 볼 수 있지만, 작가는 그렇지 않다. 당장 헤밍웨이만 해도 아버지가 의사였다. 밑바닥 인생

묘사에 도가 텄다는 도스토옙스키도 명문 군사학교 출신에 아버지는 의사이자 지주였는데, 이 아버지는 아랫사람을 얼마나 핍박해댔는지 자기 영지의 농노들에게 살해당했다고 알려져 있다 – 이때부터 도스토옙스키의 발작이 시작됐다고 한다 – . 동양을 봐도 마찬가지다. 이상은 서울대의 전신인 경성제국대학, 윤동주는 연세대의 전신인 연희전문학교 출신이고, 《인간실격》의 다자이 오사무, 《나생문》의 아쿠타가와 류노스케, 《설국》의 가와바타 야스나리 모두 동경대 출신이다. 이런 얘기를 꺼내면 꼭 누가 와서 '이러이러한 작가는 흙수저로 태어나서도 위대한 작가가 된 거 모르냐?' 같은 반론을 펼칠지 모른다. 하지만 막심 고리키나 잭 런던 같은 경우는 그리 흔치도 않거니와, 상기한 작가들에 비해 높은 평가를 받고 있지도 못하다는 점을 짚어두고 싶다.

인류의 역사를 통시적 관점으로 봐도, 글을 쓴다는 건 원래 '있는' 인간들의 전유물이었다. 문장 이전에 문자를 읽고 쓰는 것만 해도 그렇다. 지금은 아무리 못 배운 사람이라도 글을 읽고 쓰는 게 당연하게 느껴지지만, 하위 계층이 문맹에서 벗어나기 시작한 것은 정말이지 최근

에야 가능해진 일이다. 우리나라만 해도 그렇다. 한국전쟁 발발 이전에 태어난 세대 중에 글을 모르는 분이 얼마나 많은가. 말하자면 새삼스럽지도 않은 이야기이다. 문자를 읽고 쓰는 것만 해도 그랬던 마당에, 오만 단어와 기교로 뒤덮인 문장을 읽고 쓴다는 것은 매우 제한된 계층에게만 허락된 특권 중의 특권이었다. 소위 말하는 공작, 백작 가문까지는 못 되더라도 최소 중산층은 되어야 했다. 또 그중에서도 극히 일부만이 자신의 글로 책을 펴낼 수 있었으며, 거기서 끈질기게 살아남아 시대가 요구하는 예술적 소양을 충족하는 동시에 당대의 유명 평론가들을 굴복시킬만한 권위를 확보했을 때에만 비로소 위대한 작가로 거듭나는 것이다. 이것을 극도로 요약된 문장으로 정리하자면 이렇다. 적당히 가난한 작가가 위대해질 수 있을지는 몰라도, 찢어지게 가난한 인간이 평범한 작가로 살다 죽는 건 불가능하다.

사실 서두를 이만큼 길게 쓸 생각은 전혀 없었다. 지금 보니 이 문제에 관해서는 알게 모르게 쌓인 것이 많았던 모양이다. 나는 서머싯 몸이 엄청난 금수저였다는 점을 언급하려고 했을 뿐인데…. 아무튼 《인간의 굴레에서》, 《달과 6펜스》 같은 작품으로 잘 알려진 서머싯 몸은 프랑스 주재 영국 대사관에서 태어났다. 예나 지금이나 외교란 한 나라를 대표하는 명예로운 업무다. 말하자면 몸은 귀족 집안 자제였던 셈이다. 런던의 킹스칼리지에서 의학을 배우다가 문학으로 전과했고, 세계대전 당시에는 정부 기관에서 첩보원으로 활동했다. 그렇다면 자기 분야에서의 성취는 어땠느냐? 서머싯 몸은 세계적으로 인정받는 대문호로 이름을 남겼다. 그의 이름을 딴 문학상이 지금도 영국에 존재한다. 세계를 여행하며 수많은 소설과 수필을 남긴 그는 동시대 사람의 무수한 존경을 받고 심지어 엘리자베스 2세에게 기사 작위까지 받았다. 이런 빌어먹게 멋진 삶을 아흔한 살까지, 그야말로 천수를 누리다 죽었으니 참으로 부러운 인생이다. 몸의 생에 전체를 통틀어 최대의 위기라고 할 만한 사건은 2차대전 발발 당시 카누를 타고 도버해협을 건넌 일 정도가 아닐까.

까놓고 말해서 내게도 위대한 작가들은 대체로 말년이 좋지 않다는 인식이 있었다. 아무렴 눈부신 문학적 전성기를 구가하다가 갑자기 자살하거나 – 헤밍웨이 –,

퇴물이 되어 죽고－피츠제럴드－, 결투하다가 총에 맞아 죽는가 하면－푸시킨－, 타지의 호텔에서 홀로 객사한－와일드－사례들이 인상적이었기 때문일 것이다. 그래서일까. 서머싯 몸에게는 어떤 종류의 배신감까지 느꼈다. 그가 가진 재능의 일부, 마음껏 글을 쓸 수 있던 환경 같은 것들이 내게는 너무도 멀어 보였다. 웃긴 일이다. 글을 읽다가 내 멋대로 친근감을 가져놓고서는, 처한 상황이 다르다는 걸 알게 되자마자 배신감을 느낀다는 것은. 내게 있어 '윌리엄 서머싯 몸'이란 이름은 주옥같은 작품을 남긴 대작가이면서, 어느 선 이상으로 가까워질 수 없는－혹은 그래선 안 된다고 느껴지는－우상적 존재였다.

최근 민음사에서 번역된 《케이크와 맥주》를 읽었다. 단편선도 같이 나왔길래 그것도 사서 읽었다. 물론 할 일이 없어서는 아니었고－마감 중이었다－몇 년 전까지 즐겨 하던 게임 아이디를 우연히 되찾아 접속해보는 기분이었던 것 같다. 솔직하게는 '어차피 금수저 작가의 호화로운 인생에서 나오는 배불러 터진 서사들이겠지' 하는 꼬인 마음으로. 참 등신 같은 발상이기는 하지만 누

구한테 딱히 피해를 주는 것도 아닌데 뭔 상관인가? 하나 역설적이게도, 나는 그렇게 배배 꼬인 감정으로 읽어 내리는 글들로부터, 몸만이 가지고 있는 용기며 친절 같은 것들을 전보다 더 확실하게 실감할 수 있었다.

자신이 '태생적으로 속해 있는 집단'을 신랄하게 비판한다는 것은 결코 쉽지 않다. 그것에 관해 몇 가지 우스갯소리를 늘어놓거나, 스스로 어쩔 수 없었던 것들에 대해 자조적으로 이야기하는 경우는 많지만. 몸만큼이나 집요하게 꼬집어대는 사람은 드물다. 몸은 스스로가 주류에 속해 있음에도 주류 문학계를 조롱하며, 상류층으로 태어났음에도 그들이 가진 허영심, 추악함, 이중 잣대를 노골적으로 다룬다. 이른바 귀족이라 불리는 족속들이 얼마나 가련하고 어리석은지를, 스스로를 교양인이라 일컫는 사람들이 어찌나 자기모순적인지를 전부 까발리다시피 한다. 하는 얘기를 보면 사실상 내부고발 수준인데, 알량한 정의감이나 소명의식 때문에 그러는 것 같지도 않다. 내가 봤을 땐 그냥 즐기는 게 아닌가 싶다. 그들의 교양 있고 세련된 문체를 그대로 빌려서 문자 그대로 '숨도 안 쉬고' 두들겨 패는 것 자체를.

《케이크와 맥주》에서 나타나는 비아냥은 그 수위가 얼마나 높은지 동족혐오나 자아비판 같은 단어로 뭉뚱그리기도 어렵다. 가령 몸 자신이 몸 담고 있는 출판 시장에 대해 '늙은 작가들을 치켜세워주는 이유는 젊은 작가들에게 위협이 되지 않기 때문'이라거나, '지식인들은 서른 살이 넘어가면 글을 안 읽기 때문에 대충 늙고도 잘 살아있는 작가면 인정받기 마련'이라고까지 한다…. 어디서 그런 헤이트 스피치의 대상이 되기라도 했던 것일까. 내가 내놓을 수 있는 가장 설득력 있는 가설은, 몸이 정신적 자해를 즐기는 고도의 마조히스트는 아니었을까 하는 것이다.

인문학은 철저한 계급사회의 산물이다. 이 사실은 어떤 미사여구로도 부정할 수 없다. 예술이란 그저 수저 하나 잘 물고 태어난 양반들이 하나둘 모여서 인생이 따분한 나머지 뭐가 문학이고 아니네 떠드는 그 순간에도, 누군가는 농사를 짓고 누군가는 벽돌을 옮기고 누군가는 길거리를 쓸어야만 가능하다. 고대 그리스에서는 노예가, 산업사회에서는 노동자가 그 역할을 대신했을 뿐이다. 지금이라고 다를 게 있을까? 나로 말하자면 단지 글쓰기를 노동으로 하는 잡역부이자, 몇 가지 문학적 기교에 익숙해진 창부일 뿐이다. 그렇지만, 그럼에도 불구하고 나는 금수저 귀족 작가인 서머싯 몸의 글에서 많은 위로를 받았다. 어리석은 이야기일지는 몰라도 세상에는 그런 어리석은 속성의 위로도 있는 것 같다. 우리가 똑같이 멍청하고, 하찮고, 어리석은 동시에 따뜻한 존재라는 사실에서 못내 느끼게 되는.

자기가 속한 집단을 몸만큼이나 집요하게 꼬집어대는 사람은 드물다. 몸은 주류에 속해 있음에도 주류 문학계를 조롱하며, 상류층으로 태어났음에도 그들이 가진 허영심, 추악함, 이중 잣대를 노골적으로 다룬다.

9.

오타니 쇼헤이

大谷翔平

ANGELS
17

ㅇ

"거 봐, 틀린 건 아냐. 아주 못 할 건 또 없다니까."

뜬금없기는 하다. 나도 알고 있다. 오타니 쇼헤이는 일본 국적의 야구선수로, 투수와 타자를 겸업하는 '이도류'로 잘 알려져 있다. 타고난 피지컬과 부단한 노력에 철저한 자기 관리가 더해져서, 지금은 일본만이 아닌 세계 최고의 스타로 거듭났다. 말하자면 야구를 모르는 사람들조차 그의 이름 정도는 들어보았을 정도다. 하지만 도스토옙스키, 미켈란젤로, 마일스 데이비스 얘기를 하다가 갑자기 일본 국적의 야구 스타를 꺼내는 건, 역시 희한한 일지도.

다만 야구를 보는 것과 하는 것 모두 좋아하는 내게, 2021시즌의 오타니만큼 강렬한 자극을 주는 사람은 없었다고 단언할 수 있다. 그 자극은 단순히 기록의 대단함이나, 아시아인으로서의 자긍심처럼 말초적인 게 아니다. 따라서 일본에 대한 문화적, 외교적 태도와도 관계가 없다. 오타니가 일본이 아닌 쿠바나 아이티 출신이었어도 나는 똑같이 느꼈을 것이다. 그래서 그냥 쓰기로 했다. 딱히 못 할 이야기도 없지 않은가?

오타니라는 이름을 처음 듣게 된 것은 9년 전이었다. 나로선 고3이 되어서, 뒤늦게 입시에 열중하던 시기였다. 그런 와중에도 스포츠 관련 기사나 영상을 찾아보곤 했었는데, 어느 날 일본의 웬 고등학생이 160km/h의 강속구를 기록했다는 글을 읽었다. 그게 오타니 쇼헤이였다. 160km/h? 그게 대체 어떤 속도일까. 친구들과 취미로 야구를 하던 내가 이를 악물고 던지면 110km/h가 겨우 나왔다. 국내 프로야구에서는 150km/h만 넘겨도 강속구 투수라 불린다. 그런데 일본에선 프로에 입단하기도 전에 160km/h를 던지는 놈이 있던 것이다. 나는 그런 인재를 발굴해내는 일본의 야구 인프라에 다시금 감탄하면서도, 한편으로는 이렇게 생각했다. '공은 빠른데 컨트롤이 엉망이군. 저런 건 프로에 가면 안 통할걸.'

나는 야구를, 야구와 관련된 숫자를, 나아가 어떤 선

수의 커리어를 지켜보는 것에 관심이 많다. 야구는 물론 농구와 축구까지. 거의 모든 구기 종목에서의 능력치를 감상하곤 한다. 그중에서도 가장 인상적인 부분은 '기록으로 본 선수'와 '현실에서 느껴지는 선수' 간의 간극이다. 늘 팬과 언론의 관심을 독차지하면서도 기록은 대단하지 않은 선수도 있고, 기록은 대단한데 이상하리만큼 조명받지 못하는 선수도 있다. 언뜻 생각하기에는 어떤 종목에 대해 잘하면 잘할수록 더 많은 관심을 받는 게 당연한 것 같지만, 알고 보면 딱히 그렇지만도 않은 것이다. 이른 나이에 강속구를 던지는 것으로 주목받기란 상대적으로 쉽다. 하지만 그것을 가다듬어 훌륭한 기록을 세우는 것은 별개의 문제다. 내게 오타니는 딱 그 정도의 인상이었다. 프로에 가면 어느샌가 잊히고 없을, 그런 선수 말이다.

그다음으로 오타니의 이름을 보게 된 건, 그가 투수와 타자를 동시에 하는 '이도류'를 선언하면서 프로구단에 입단했을 때였다. 물론 고교야구에서는 팀의 에이스 투수가 4번 타자를 겸하는 경우가 드물지 않다 – 예를 들어 이대호, 추신수 선수도 고교 시절에는 투수로 더 이름을

날렸다–. 말 그대로 '타고난' 재능이다. 그냥 야구라는 종목 자체를 잘 이해하고 있는 선수…. 그런 선수들도 프로구단에 입단해 활약하려면 선택해야 한다. 세간의 말투를 빌려 쓰자면, "둘 중 하나만 해! 모든 걸 할 순 없어!"다. 그렇게 던지는 재능과 치는 재능, 이 두 개의 재능을 두고 저울질을 하다가 집중할 수 있는 하나를 선택해 선수 생활을 시작하고 끝내는 것이 보통의 경우이다. 근데 오타니는 "저는 둘 다 잘하는데요. 그냥 둘 다 할래요"라고 선언한 것이다. 나아가 투수와 타자를 모두 시켜주지 않는 구단에는 입단하지 않으려 했다. 오타니의 당돌한 주장은 연일 뉴스 매체의 메인을 장식했고, 당연히 욕도 왕창 먹었다. 뭐 이런 등신이 다 있냐, 고교야구랑 프로야구가 똑같은 줄 아는 거냐, 다른 선배 선수들은 바보라서 못한 건 줄 아냐.

여기서 잠깐 짚고 넘어갈 것이 있다. 고교야구나 프로야구나 기본적인 룰은 다를 게 없다. '투수가 타자를 병행할 수 없다'라는 규정은 어디에도 없다. 그것도 단순히 없는 정도가 아니라, '투수도 한 명의 야수이므로 타격을 하는 게 당연하다'라는 것이야말로 야구의 본질적 관점에 가깝다. 투수의 체력 안배를 위해 지명타자가 생긴 건 나중의 일인데, 이렇게 따지고 보면 지명타자야말로 야구라는 종목의 본질과 가장 동떨어진 포지션이다. 제대로 공을 던지거나 잡을 줄 모르더라도, 날아오는 공을 잘 보고 때릴 수만 있으면 야구선수가 될 수 있다. 하지만 그런 선수는 훌륭한 타자일지언정 훌륭한 야구선수라고는 말하기 어렵다. 축구로 치면 슛은 잘 때리지만, 뛰지도 못하고 패스도 안 되는 선수인 것이다. 이런 선수를 좋은 스트라이커라면 몰라도 좋은 축구선수라 평가하긴 어려울 것이다.

그런데 왜 야구계 관계자들, 그리고 팬들은 투수가 타석에 들어서는 것에 이질감을 느끼는 걸까? 딱히 룰에 어긋나는 것도 없는데 말이다. 종교에 빗대자면 성직자 결혼에 관한 문제와 비슷할 것 같다. 로마 가톨릭에서는 '성직자의 삶은 신에게 봉헌한 것이므로 결혼하지 않는 게 당연하다'라는 입장이었지만, 종교개혁에 이르러 '성경에는 성직자보고 결혼하지 말라는 애기 없던데?'라는 반박에 부딪힌다. 그 덕택에 오늘날에도 신부는 결혼할 수 없지만, 목사의 결혼에는 한결 관대한 분위기가

ANGELS
17

된 건 이런 이유에서가 아닐까, 아니면 말고…. 아무튼, 다시 야구로 돌아오면 그렇다. 지명타자라는 게 생기고, '투수와 타자라는 포지션을 분리해놓는 것이 선수 관리 차원에서 용이하다'라는 판단이 생겨났으며, 그게 수십 년간 이어지다 보니 '투수와 타자는 같이 할 수 없다'라는 것이 하나의 관습으로 자리 잡았다. 그야 오타니와 루터를 동일 선상에 놓고 비교하는 건 물론 이상하다. 굳이 공통점을 찾자면 '17년'에 각자의 분야에서 도발적인 도전장을 내밀었다는 것 정도다.

팬들의 우려, 언론의 질타, 주변의 만류, 이 모든 것에도 불구하고 오타니는 이도류를 고수했다. 무모해 보이는 그의 도전을 진심으로 응원하는 사람도 있었지만, 야구계 관계자를 비롯한 대부분은 이렇게 생각했다. '재능은 대단한데, 아직 어려서 철이 없는 거야. 몇 년 지나면 하나로 집중하겠지'라고. 오타니가 경기 한 번 뛸 때마다 수많은 갑론을박이 오갔다. 160km/h를 던지는 어깨로 투수를 놓기는 너무 아깝지 않나, 그런 것치곤 공을 너무 잘 때리니 타자로 가는 게 맞다, 시도는 시도일 뿐이다, 얼마나 재능이 있는지는 알겠으니까 이제 하나에 집중할 때다…. 그렇게 9년이 지났다. 오타니는 소속팀이던 닛폰햄을 우승시키고 메이저리그에 진출했으며, 올해 들어서는 정말 놀라운 성적을 기록하는 중이다.

오타니의 이도류 선언 당시, 나는 그를 단순한 괴짜 유망주를 넘어 무척 오만한 사람이라 지레짐작했다. 얼마나 저밖에 모르길래 저런 말을 하는 거지? 에이스 투수면서 4번 타자를 했던 선수는 프로에 널려 있는데. 그렇게 성공한 선수들도 다 이유가 있어서 하나에 집중했을 텐데. 자기가 뭐 역사적 재능이라도 타고났다고 유난인 거야, 참…. 하지만 선수가 아닌 인간으로서의 오타니 쇼헤이는 겸손하고 예의 바른 청년으로 알려져 있다. 고교 시절은 물론 월드 스타가 된 지금도 그렇다. 개인보다는 팀을 우선시하고, 타이틀보다는 승리에 헌신하며, 훌륭한 팬서비스와 깍듯한 태도를 보인다. 서구권에서 보면 이상적인 '아시아 운동선수'의 전형이나 다름없다. 겸손하고 고분고분하다. 늘 웃는 얼굴에, 웬만해선 불만을 표출하거나 화를 내지 않는다. 팬으로서는 미워하려야 미워할 수 없는 선수. 이런 점에선 영국에서 손흥민이 가진 이미지와도 비슷해 보인다. 다만 차이가 있다면, 손흥

민은 골키퍼까지 하려고 들진 않는다는 점이다.

상상해보라. "하나만 해, 하나만." "다 할 수는 없는 거야. 하나라도 똑바로 할 생각을 해야지." "다른 사람들은 다 바보라서 그렇게 하는 줄 아냐? 하나에 집중하는 데는 다 이유가 있는 거야."…. 평범하기 그지없는 나조차도 살면서 심심찮게 들어온 말들이다. 하물며 오타니 정도의 인물이라면 어땠을까? 그쯤이면 사석에서의 핀잔 정도로 끝나지 않았을 것이다. 매일 보는 야구계 관계자는 말할 것도 없고, 팬과 언론, 주변의 친구와 지인들, 명절날 만나는 일가친척에게까지 비슷한 소리를 들었을 것이다. 어쩌면 매일 밤 잠들기 전 스스로 되뇌었을지도 모른다. '내가 정말 철이 없는 걸까?' '잘못 생각해도 한참을 잘못 생각한 건 아닐까?' 하고. 어떨 땐 정말로 한 가지를 포기할 수밖에 없나 하는 생각도 들었을 것이다.

그러나 9년이 지난 2021년. 나와 동갑내기인 오타니 쇼헤이는 계속해서 이도류를 이어가고 있고, 올해 메이저리그에서는 투타 모두 MVP 수준의 활약을 보였으며, 결국 만장일치로 MVP를 수상해냈다. 이제 보니 오타니에게 있어 이도류는 단순한 콘셉트나 고집 같은 게 아니었다. 야구를 바라보는 자신만의 관점. 미련할 정도의 신념, 무엇과도 바꿀 수 없는 목표, 그리고 이 모든 것이 녹아 있는 삶…. 지금 같은 성적을 시즌이 끝날 때까지 이어갈 수 있을지, 피로가 쌓이고 쌓여 큰 부상이 일어나지는 않을지, 어느 날 갑자기 사생활 문제로 스캔들이 터지지나 않을지, 당장은 확신할 수 없다. 어쩌면 사고를 크게 한 번 쳐 지금 쓰는 이 글을 은근슬쩍 묻어두고 싶을 때가 올지도 모른다. 하지만 나는 아시아인이나 동양인으로서가 아니라, 한 명의 인간으로서 느낄 수밖에 없다. 투수로서 삼진을 잡고, 바로 다음 타석에서 홈런을 때려내는 오타니의 모습에는 순수한 동시에 매우 전위적이고 자극적인 메시지가 있다고. 거 봐, 틀린 건 아니었어. 아주 못 할 건 또 없다니까.

이제 보니 오타니에게 있어
이도류는 단순한 콘셉트나
고집 같은 게 아니었다.

야구를 바라보는 자신만의 관점.
미련할 정도의 신념, 무엇과도
바꿀 수 없는 목표, 그리고 이 모
든 것이 녹아 있는 삶….

10.

카라바조

Michelangelo Merisi
da Caravaggio

°

암흑과 빛, 순수함과 추악함의 묘한 균형

누가 그림 그리는 양반들 아니라 할까 봐, 미술사에는 유독 기이하고 파란만장한 인생을 살다간 인물이 많다. 그 면면들을 한데 모아 기인 열전을 만든다고 해보자. 이름 좀 떨쳤다는 화가들은 죄다 후보로 이름이 오르겠지만, 부득이하게 몇 명밖에 추리지 못하는 상황이라면 어떨까? 차라리 고흐는 빠져도 된다. 가난과 정신질환으로 고생을 많이 하긴 했어도, 고흐의 삶 자체는 오히려 예술가의 전형이라고 할 수 있으니까. 이건 사후에 너무 유명해져서 하나의 표본이 된 점도 있겠다. 그러나 카라바조만큼은 이 후보군에서 빠뜨릴 수 없다. 카라바조로 말할 것 같으면 그 기나긴 예술사, 그 수많은 예술가 양반들을 모조리 통틀어서도 기행으로는 둘째가라면 서러울 정도이기 때문이다.

엄밀히 말해 카라바조라는 명칭은 이름이 아니다. 풀네임은 '미켈란젤로 메리시 다 카라바조'인데, 여기서 '다 카라바조'는 카라바조라는 동네 출신이라는 뜻이다. 비슷한 예로 레오나르도 다 빈치 역시 '빈치 출신의 레오나르도'라는 의미다. 지금으로 치면 이세돌 기사를 그냥 '비금도'라고만 부르는 셈인데…. 나라면 좀 기분이 나쁠 것 같다. 뭐, 별명이라는 게 다 그렇고 그렇게 생겨나는 것들이라지만. 심지어 미켈란젤로라는 본명에도 재미있는 일화가 있다. 한때 화가 지망생이었던 히틀러는 베를린 미술관에 있던 카라바조의 그림을 보고 "역시 미켈란젤로는 최고야" 하고 감탄했단다. 시스티나 천장화를 그린 그 유명한 '미켈란젤로 부오나로티'와 '디 카라바조'를 헷갈린 것이다. 미술에 관심이 없는 일반인이야 그럴 수 있다 쳐도, 화가 지망생이 이런 구분을…. 그가 미술 입시에 왜 실패했는지 납득이 가는 일화이다.

그 시대의 이탈리아 사람이라는 걸 고려해도 카라바조의 성격은 유달리 지랄 맞았다. 걸핏하면 화내고 욕했으며, 길에서 시비가 붙은 행인을 쥐어패고 다녔다. 그런 와중에도 정작 본인은 독실한 가톨릭 신자였다는 점이 새삼스럽다. 그래도 그를 이해해보자면, 성장 환경이 그리 평탄치 못했긴 하다. 어렸을 때 아버지와 어머니를 차례로 잃고 지독하게 가난한 삶을 살았으며, 화방의 견습화가로서 오랜 시간을 버텼다. 그러다 이십 대가 되자마자 도망치듯 로마로 떠난다. 여기서 '도망치듯'은 단순한 수사가 아니다. 싸움질하다가 경찰한테 처맞고 진짜 도망쳤기 때문이다. 그렇게 다짜고짜 로마에 오긴 왔는데 대책은 없다. 집도 없는데 헐벗고 굶주리고 수입도 없다. 그렇지만 그림에 대한 재능 하나는 진짜여서, 종교화를 그리며 그럭저럭 자리를 잡는다.

당시 로마 가톨릭은 루터로부터 시작된 종교개혁운동에 맞서느라 진땀을 빼고 있었다. 또 기존 신자들의 신앙을 공고히 하기 위해 이런저런 개혁도 시도했다. 미술도 마찬가지였다. 르네상스 때처럼 위대하고 웅장한 예술만 할 것이 아니라 대중들에게 더 다가갈 수 있게끔 하는, 실감 나는 무언가가 필요했다. 그 시점에 카라바조가 나타난 것이다. 밀라노의 촌구석에서 태어나 가난을 벗 삼고 고생이란 고생은 다 했다. 입에 풀칠이라도 하려고 죽어라 한 일이 그림이었는데, 그 일에 천부적인

재능이 있었다. 여기에 오늘내일하는 목숨의 처절함까지 가미가 되었으니 카라바조가 로마 최고의 화가로 이름을 날리는 건 그야말로 시간문제였다.

카라바조는 어둡고 깜깜한 배경 속에서, 제한된 빛으로 사실적인 묘사를 해내는데 탁월한 능력이 있었다. '테네브리즘Tenebrism'이라고도 불리는 이 혁신적 기법은 훗날 루벤스와 렘브란트 같은 바로크 화가들에게도 큰 영향을 미쳤다. 다만 지나치게 자연적인 묘사를 추구하다 보니 '그림이 너무 천박하고 신성하지 못하다'는 이유로 몇 번이나 퇴짜 맞기도 한다. 진짜 겁나게 잘 그리기는 하는데 어디로 튈지 모르니 이거 원…. 의뢰한 입장에서도 참 골치가 아팠지 싶다.

하여간 그렇게 당대 최고의 화가로 거듭난 카라바조. 그러나 옛말에 제 버릇 개 못 준다는 말이 있던가. 길바닥에서 시비 걸고 사람 패는 기질은 어디 가지 않아서 기어이 큰 사고를 치고 만다. 내기로 테니스 치다가 빡쳐서 사람을 찔러 죽인 것이다. 그동안은 교회 측에서 이럭저럭 수습해줬다지만. 이렇게 명백한 살인은 제아

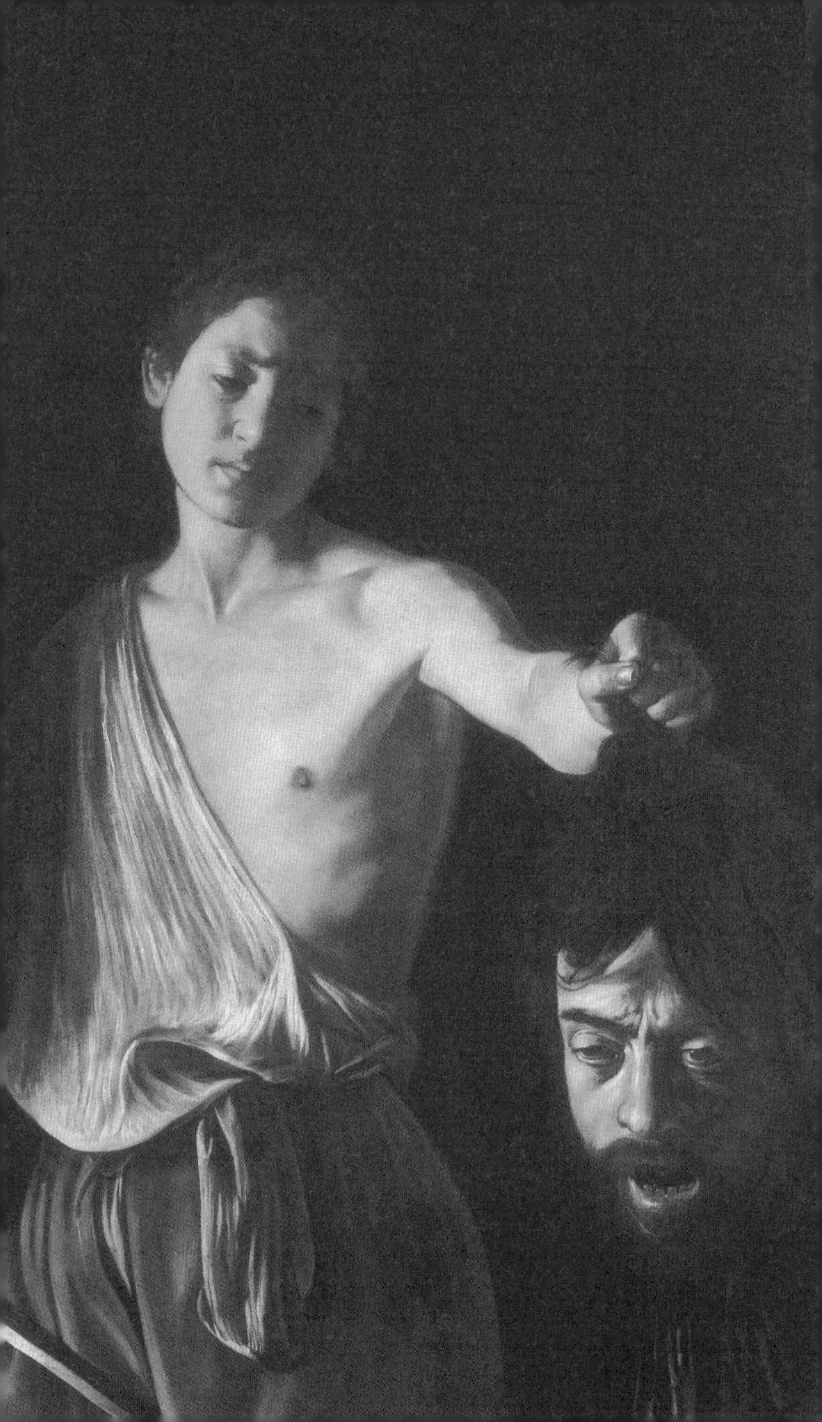

무리 위대한 예술가라 해도 어찌할 도리가 없다. 결국 카라바조는 로마를 떠나 이곳저곳에서 망명 생활을 한다. 그 와중에도 사고는 계속 치고, 체포와 추방이 끊이지 않는다. 나폴리에서는 얼굴에 큰 상처까지 입는다.

상황이 이렇게 되자 떠돌이 생활에 지쳤던 건지, 카라바조는 로마로 돌아가고 싶어 교황에게 용서를 구하기 위해 필사적으로 그림을 그린다. 아마 '이렇게까지 그렸는데 설마 날 그냥 죽게 두진 않겠지?' 하는 생각이었던 것 같다. 그 그림이 〈골리앗의 목을 든 다윗David with the Head of Goliath〉이다. 이 그림에서 승리해 기뻐해야 할 다윗은 뭔가 복잡한 얼굴을 하고 있는데, 골리앗의 얼굴은 다름 아닌 카라바조 본인의 얼굴이다. 어쩌면 그는 '나는 과거의 나를 죽였다. 이제는 개과천선하고 새로운 삶을 살겠다' 말하고 싶었던 건지 모른다.

그러나 카라바조는 로마에 돌아갈 수 없었다. 밀항하려던 배가 먼저 출발하는 바람에 해변을 따라 죽어라 뛰다가 쓰러진 것이다. 쓰러진 카라바조를 뒤로하고 배는 떠났다. 카라바조는 그 자리에서 열병이 도져 죽었다.

위대한 예술가의 초라한 죽음. 이렇듯 카라바조의 인생에는 까마득한 암흑과 찬란한 빛이, 순수함과 추악함이 묘한 균형을 이루고 있다. 처음부터 끝까지, 그 모든 것이 그림으로 완성되어야 마땅하다는 듯이.

11.

렘브란트

Rembrandt Harmenszoon
van Rijn

°

까마득히 침몰하는 인생, 황홀하고 찬란한 작품

사람들에게는 결과물이 아름다우면 과정도 '대충 그럴 거야' 하고 생각해버리는 습성이 있다. 아니, 여기선 좀 더 정확한 표현을 써야 할 것 같은데, 아름다운 결과와 추한 과정을 좀처럼 연결 짓지 못한다고 해야겠다. 예를 들어보자. 왠지 아테네 신전의 아름다운 외관만 보면, '지중해의 푸른 하늘 아래서 덥수룩한 갈색 수염을 가진 지식인이 토가를 걸치고 설계도가 그려진 두루마리를 보며 부지런한 일꾼들에게 손수 지시를 내리는 이미지'가 떠오르지 않는가?

여기서 고증 오류를 일일이 따지고 들면 끝이 없겠지만, 일단 고대 그리스 사회가 '민주주의의 발상지'라는 인식과는 달리 대부분의 노동력을 외국인 노예에 의존했다는 점을 생각해보자. 당시 현장 관리자는 설계도면

이나 스크롤이 아닌 채찍을 들고 있었을 공산이 크다. 도리어 단순무식 노동착취의 상징처럼 여겨지는 피라미드 건설 현장이 알고 보면 민주적인 면이 있었다고 하니, 뭐든지 겉모습만으로 판단하면 안 된다는 금언은 예술에도 충분하게 적용되어야 할지 모르겠다.

렘브란트를 두고 '빛의 마술사'라 부르며 찬탄하는 건 일종의 인사법처럼 돼 있다. 칭호부터가 야구팬들이 좋아하는 선수들에게 붙인 것-'타격 기계'라든가, '돌직구' 같은-처럼 유치한 건 그렇다 치자. 별명은 원래 그런 것이니까. 렘브란트가 바로크 시대의 대화가라는 데도 이견의 여지는 없다. 문제는 어째서 '빛'인가 하는 점이다. 당대의 다른 화가들이 회화에 명암을 넣을 줄 몰랐던 것도 아니고, 렘브란트에게는 다른 위대한 점도 많은데 말이다. 이건 마이크 트라웃을 '외야 수비의 괴물'이라고 부르는 느낌 아닌가. 물론 트라웃이 외야 수비도 잘하지. 잘하는데, 그게 다는 아니잖아.

트라웃 말고도 수비 잘하는 선수가 제법 존재하듯, 역사 속에서 명암 표현을 잘하는 화가를 말하자면 꽤 많은 이름을 열거할 수 있다. 그 좁은 네덜란드만 해도 훌륭한 케이스가 넘쳐날 텐데, 왜 하필 렘브란트일까? 고흐는 좋아하는 사람이 너무 많으니 힙하지 않고, 얀 베르메르는 객관적으로 봤을 때 요하네스 페르메이르보다 못하며, 반다이크는 리버풀의 축구선수인 한편 루벤스는 딱히 네덜란드인도 아니고 붓 만드는 회사 이름이어서 그럴 수도 있다. 다만 나로선 그저 내가 본 적 없는 어느 미술 전시회나 지상파 교양 예능에서 관용어구로 쓰였던 것이 아닐지 조심스럽게 추측해볼 뿐이다.

아무튼 렘브란트가 빛을 활용하는 방식이 이러쿵저러쿵하는 얘기가 나오면, 체감상 8, 90%의 확률로 나오는 그림이 〈야경The Night Watch〉이다. 이 '야경'이라는 제목에는 다소 함정이 있는데, 밤의 풍경night view이 아니라 야간 순찰night watch을 의미하는 단어이기 때문이다. '바닷가의 야경'이 아닌 '야경국가' 할 때의 그 야경夜警이다. 심지어 밤도 아니고 해가 떠 있을 때 순찰하는 모습을 그린 것인데, 물감 때문에 어두워 보였던 것을 영국의 화가 조슈아 레이놀즈가 오인한 나머지 '야간 순찰대인가 보다' 했고 그게 정식 제목처럼 굳어버렸을 뿐이다. 이

그림과 관련해 진정 어두운 것이라고는, 알고 보면 당시 렘브란트가 처해있던 상황밖에 없는 것 같다.

1606년, 렘브란트 판 레인은 부유한 제분업자의 아들로 태어났다. 성인이 되어선 동네에 있는 대학에 입학했지만 화가가 되기 위해 자퇴하고, 고향을 떠나 대도시인 암스테르담으로 가서 초상화가로서 많은 돈을 벌었다. 이 상업적인 성공을 통해 부잣집 딸과 첫 번째 결혼에 골인하기도 했는데 - 왠지 피츠제럴드가 떠오르는 부분이다 - , 비교적 일찍 부인이 폐결핵으로 죽으면서 큰 재산을 물려받게 된다. 젊고 잘나가는 화가가 이젠 돈까지 많게 되니 '이제 팔자 폈네' 싶기도 하다. 하지만 그동안 네 명의 자식 중에 세 명이 죽은 데다가, 병상에 누운 부인을 몇 번이나 그렸던 만큼 돈만 보고 결혼한 부인은 아닌 것으로 보인다. 어디로 보나 유쾌한 상황은 아니다.

하지만 그가 두 번째 부인을 만나게 된 경위를 보면, 솔직히 한심하기 짝이 없다. 아내가 병으로 누워있는 동안 간병인 겸 막내아들 돌보미로 고용한 여자와 놀아났기 때문이다. 심지어 렘브란트는 아내가 생전에 지녔던

패물까지 선물로 줬다. 근데 그걸 전당포에 저당 잡혔다는 걸 알게 되자 화가 머리끝까지 나서 그녀를 정신병원에 집어넣으려고도 했다. 나중에는 간통죄다 뭐다 해서 매년 이혼 수당을 지급해야 하는 처지가 됐는데, 뭐 이건 본인이 자초한 일이라서 불쌍하지도 않다.

설상가상으로 렘브란트의 인기는 해마다 떨어졌다. 쉬지 않고 그림을 그리긴 했지만, 초상화가로서는 점점 퇴물이 되어갔다. 마침 네덜란드 미술시장에는 일대 변화가 일고 있었다. 돈 많은 귀족 자제들, 즉 전통적인 예술의 후원 계층에게서 주문을 받아 그림을 그리던 화가들이, 경제적인 이유로 인해 벼락부자나 고리대금업자의 요청에 따라 작업하기 시작한 것이다. 당장에 언급한 〈야경〉만 해도 그런 맥락에서 그려진 감이 있다. 묘사된 대상만도 동네 자경단원들인데, 인물들의 면면도 뭐랄지 개별적으로 그려진 초상화를 한데 묶어놓은 것처럼 보인다. 오늘날로 치면 한때 A급 모델만을 전문으로 찍던 사진 작가가, 경쟁자가 많아지고 삶이 궁핍해지니 무슨 '○○동 자율방범대 27기 회원 기념 사진' 외주를 받은 느낌 아닐까. 일종의 공동구매인 것이다. 제일 중간에 있는 아저씨는 누가 봐도 대장이고, 그 오른쪽은 목소리는 안 큰데 돈은 많이 내는 부회장이나 총무쯤 되는 사람이겠지.

두 번째 부인과도 틀어진 렘브란트가 세 번째로 만난 여자는, 이번에도 가정부 출신이었다. 그렇게 데이고도 똑같은 짓거리를 하다니 그에게 돌봄노동 패티시라도 있던 게 아닌지 의문스럽지만, 적어도 이번에는 결혼까지 가지는 않았다. 한 명 남은 아들에게 손절 당할까 봐 조심했다는 것이 학계의 정설이다. 말년에는 아내와 아들이 조력자 역할을 했다. 이들은 가짜 회사를 세워가면서까지 물심양면으로 렘브란트를 도와줬는데, 어째서인지 렘브란트는 계속해서 가난해져만 갔다. 날리던 시절의 소비 습관이 몸에서 떨어지질 않았고, 돈 좀 불려보겠다고 투자하는 족족 말아먹곤 했다. 그림은 계속해서 그렸지만, 얼마나 장사가 안 됐던지 그림값을 올릴 요량으로 자기 그림을 제 손으로 사재기하기도 했단다. 말년에는 주택담보대출을 못 갚아서 집과 수집품을 압류당했다. 지금과는 시대가 다르다는 걸 감안하더라도, 우리가 으레 떠올리곤 하는 '예술적이고 낭만적인' 모습과는

괴리가 있다. 그것이 렘브란트처럼 인류 역사에 남을 대화백이라면 더욱이 매치가 안 된다. 그나마 도움을 주던 아내도 아들도 모두 죽었을 때, 그는 혼자 살아남아 그림을 그렸다. 1669년, 죽음을 맞이할 당시 그가 가진 재산이라곤 그림 그리는 도구들과 헌 옷 몇 벌이 전부였다고 전해진다.

그토록 황홀하고 찬란한 작품들을 탄생시켰음에도 불구하고, 렘브란트 본인의 인생은 크게 낭만적이지도 세련되지도 않았다. 오히려 그가 내놓은 결과물들은 우리 주변에서 흔히 볼 수 있는…, 혹은 그보다도 추하고 하찮은 과정에서 말미암았다. 어찌 보면 렘브란트는 시대의 희생양이기도 했다. 그림쟁이가 왕실과 귀족에게 붙어먹으면 그만이던 시대에서, 어떤 면에선 더욱 횡포하고 냉정한 대중에게로 넘어가는 바람에 속수무책으로 휩쓸렸다. 눈부시게 떠오르며 빛나다가 까마득히 침몰해 죽었다. 그런 그가 살면서 가장 많이 그렸던 초상화는 자기 자신이었다. 부침을 거듭했던 한 화가의 인생. 남루하고 해쓱해지는 옷차림 속에 결코 꺼지지 않는 눈빛. 렘브란트는 두 눈을 똑바로 들어 응시하고 있다.

그토록 황홀하고 찬란한 작품들을
탄생시켰음에도 불구하고, 렘브란트
본인의 인생은 크게 낭만적이지도
세련되지도 않았다.

오히려 그가 내놓은 결과물들은 우리 주
변에서 흔히 볼 수 있는…, 혹은 그보다도
추하고 하찮은 과정에서 말미암았다.

12.

클로드 모네

Claude Oscar
Monet

그는 이제
세상을 또렷이 보는 데
관심이 없다

• 그림과 그 감상으로 이뤄진 장입니다.

〈파라솔을 든 여인Woman with a Parasol - Madame Monet and Her Son〉은 1875년에 모네가 자신의 아내 카미유를 모델 삼아 그린 작품이다. 인물과 풍경을 객관적으로 묘사하기보다는, 화가 자신의 시야에 비치는 인상 자체를 화폭에 담고자 했다. 실제로 인상주의라는 단어는 1872년 모네의 작품 〈인상: 해돋이Impression: Sunrise〉로부터 시작되었다고 한다.

1876년에 그린 〈라 자포네즈La Japonaise〉에서 일본식 코스튬을 하고 활짝 웃고 있는 여성 역시 카미유다. 다만 일 년 전의 작품과는 달리 색의 처리나 인물의 윤곽 등이 되레 또렷해졌다. 가능한 정확하게 그려놓아야겠다는 의도까지 엿보인다. 모네가 추구하던 회화의 방향을 생각해보면 실로 의아한 지점이다.

〈카미유 모네의 임종Camille Monet on Her Deathbed〉은 앞의 작품으로부터 3년 뒤인 1879년의 작품이다. 온 세상이 흐리멍덩해지는 가운데, 카미유는 가까스로 엷은 미소를 지어 보인다. 모네는 죽은 아내의 목에 걸어주고자 친구의 목걸이를 빌린다.

1883년에 〈몬테카를로의 풍경Landscape near Montecarlo〉을 그릴 무렵 모네의 시력은 급격히 악화되는 중이었다. 극심한 백내장 때문이었다. 모네는 그렇게 희미하고 불분명해진 시선으로 주위의 풍경을 그려낸다. 인물과 사물과 배경의 윤곽이 흐려지고, 햇살에 비친 총천연색의 빛깔들은 뒤엉킨다.

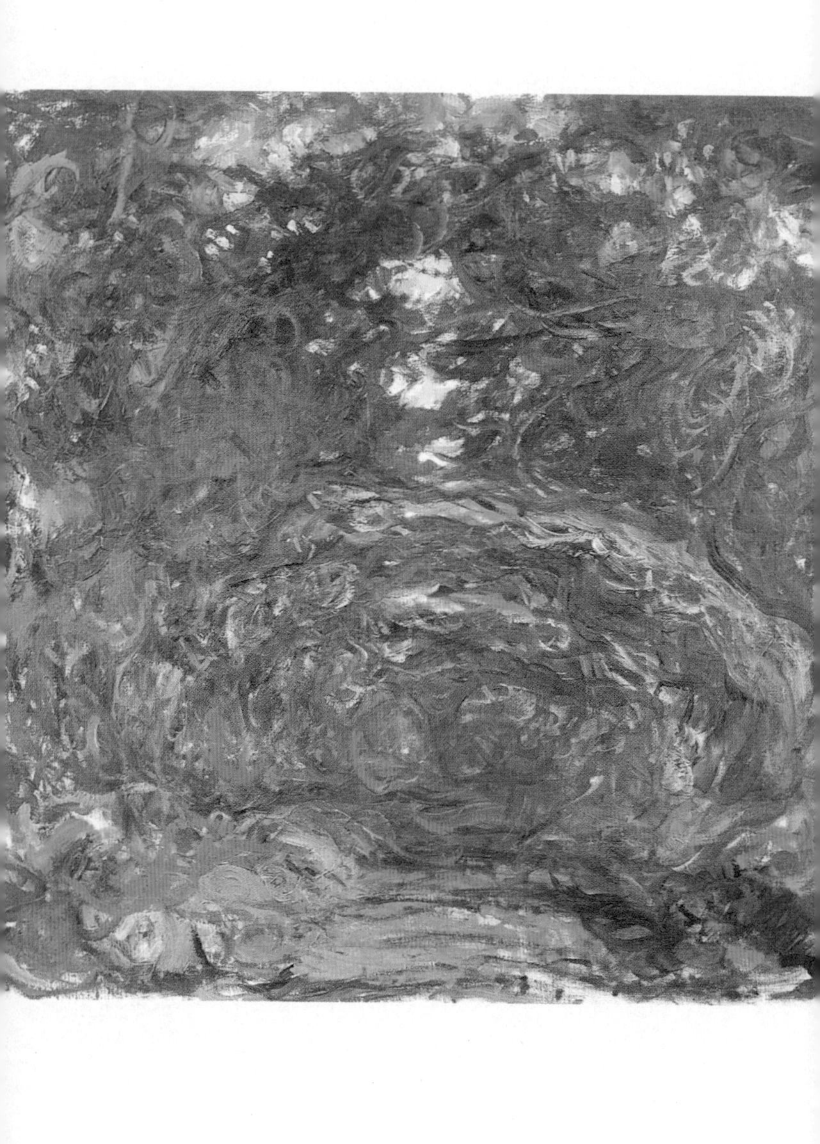

1922년에 그린 〈장미 아치 아래의 길Path under the Rose Arches Giverny〉을 보면, 사물은 물론 색의 경계마저 처참할 정도로 허물어져 있다. 풍경화보다는 추상화에 더 가까워 보일 정도다. 모네의 시력은 죽기 전까지 악화일로를 걸었다. 모네는 더 이상 세상을 뚜렷하게 보는 것에 관심이 없는 것 같다. 모든 것이 무너지고 흘러내린다. 눈물만이 떨어질 생각 없이, 거기 고여 있다.

13.

어니스트 헤밍웨이

Ernest Miller
Hemingway

°

작가, 좋아하는 걸 실컷 쓰고 싶어 하는 일

헤밍웨이는 질겅질겅 씹을 수 있는 껌 같은 존재다. 그건 그가 위대한 작가인 동시에 "노벨문학상을 수상한 작가를 한 명만 말해보라" 하는 물음에 가장 먼저 나오는 이름이기 때문이다. 노벨문학상이 뭔지 모르는 사람은 드물지만, 어떤 작가가 어떤 작품으로 노벨문학상을 받았는지 아는 사람 또한 드물다.

하기야 헤밍웨이가 한 번 들으면 잊기 어려울 만큼 어감 좋은 이름이기는 하다. 페터 한트케나 도리스 레싱 같은 이름은 해외 유명 피겨스케이터라고 뻥 쳐도 대부분 고개를 끄덕이고 말 것이다. 이와 비슷하게 헤밍웨이에 대해 쉽게 말하는 사람들은 설령 도스토옙스키가 노벨문학상 수상자라고 해도 전혀 이상한 점을 눈치채지 못한다. 물론 모르는 건 죄가 되지 않는다. 그러나 모르는 것을 아는 것처럼 말하는 건 창피한 일이다. 나도 역시 창피한 인생을 살았다.

《노인과 바다》가 불멸의 저작이라는 점에는 그다지 이견이 없다. 하지만 나는 낚싯배의 구조, 이를테면 고물, 이물, 놋좆 같은 단어들로 묘사되는 것들에 별로 관심이 없다. 더구나 내 입장에서 조 디마지오는 샌디 쿠팩스처럼 과대평가된 선수다. 헤밍웨이라는 작가를 《노인과 바다》라는 저작 하나로 뭉뚱그리려는 경향은, 그저 그 책이 《누구를 위하여 종은 울리나》 같은 장편의 반의 반 분량도 안 된다는 점에서 나오는 건 아닐까.

그래서인지 어쩌다 헤밍웨이에 대한 이야기가 나와도, 그게 문학과 관련된 경우는 드물기까지 하다. 수십 년간의 문학적 발자취는 강건체나 하드보일드 따위로 쉽게 축약되고—막상 보면 문장이 그렇게 짧지도 않다. 문체가 문장의 길이만으로 판별되는 것도 아니지만—, 오히려 글보다 하잘것없는 주제—술이나 복싱, 그리고 여자 문제에 관한—로 불쑥 넘어가 버린다. 노벨문학상을 수상할 정도의 대문호가 생전에 조금 특이한 짓을 했다고 진짜 성취라고 할 만한 것들은 대부분 뒷전이 돼버리는 것이다. 사람들은 글과 행동을 보고 대문호라 판단하는 게 아니라, 대문호라는 이의 글과 행동을 특별하게 여긴다. 헤밍웨이는 1961년 자살했다. 노벨문학상을 받고 칠 년째 되던 해였다.

원고와 책으로 평가받아야 할 소설가가, 카메라와 사진으로 영혼까지 탈탈 우려지는 것은 정말이지 안타까운 일이다. 그래서인지 밀란 쿤데라는 자신의 장편소설 《불멸》에서, 헤밍웨이를 괴테와 면담시켜 변호의 기회를 주기도 했다. '젊을 때 수탉처럼 굴긴 했는데…. 허영을 좀 떨었던 거지 지금 사람들이 말하는 것 같은 괴물은 아니었어….' 같이 궁색한 변명을 늘어놓는 헤밍웨이. 제아무리 대문호라고 한들 자신의 행동 하나, 음주습관과 덕질의 대상 같은 것들이 하나하나 기록에 남아 불멸하리라는 것을 알 수야 있었겠는가. 그땐 페이스북이나 인스타그램이 있던 시대도 아니었으니 말이다. 한편으로는 지금 같은 소셜미디어의 시대에 헤밍웨이 같은 작가가 태어나 작품 활동을 한다면 어떨지 궁금하기도 하다. 사회적 물의를 일으켜 죄송하다는 사과문을 몇 번이

나 올리게 될까. 0 아니면 10 이상일 것 같다.

개인적으로 기억에 남는 작품은 《태양은 다시 떠오른다》이다. 중후반부쯤 팜플로나와 투우 축제에 관해 쓴 부분이 있는데, 여기에다가 얼마나 많은 지면을 할애했는지 언젠가 스페인을 가더라도 그 근처는 안 가봐도 될 정도로 방대하게 쓰여 있다. 처음 읽을 당시에는 '그래도 뭔가 의미가 있을 거야' 하고 한줄 한줄 꼼꼼히 읽었었는데. 지금 다시 보면 그냥 본인이 좋아하는 것들을 실컷 묘사한 것뿐이구나 싶다. 처음부터 그 장면을 위해서 쓰기 시작한 걸지도 모른다. 좋아하는 걸 실컷 쓰고 싶어 하는 일이라니. 얼마나 작가다운 착상인가. 대문호가 아닌 일개 작가로서의 헤밍웨이를, 나는 사랑한다.

사람들은 글과 행동을 보고 대문호라 판단하는 게 아니라, 대문호라는 이의 글과 행동을 특별하게 여긴다.

헤밍웨이는 1961년 자살했다.
노벨문학상을 받고 칠 년째 되던 해였다.

14.

빌 에반스

Bill Evans,

William John Evans

ㅇ

중요한 순간에 눈부시게 빛날 수 있는, 팀

한동안 빌 에반스의 연주에 푹 빠져 지냈다. 전업 작가가 되기 전에도 뭔가 집중이 필요한 작업을 할 때면 항상 재즈를 틀어놓았다. 지금도 마찬가지다. 특히 일할 때, 나는 가사가 있는 음악을 선호하지 않는다. 좋은 노래는 따라 부르게 되기 때문이다. 내 생각에 그건 노래방에서나 필요한 것이다. 보컬이란 배경으로 깔리기에는 너무 강렬한 소리다. 선율이 있는데 내용도 명확하다.

음악이나 악기에 대해서는 별달리 아는 게 없지만, 그래도 악기마다 제각기 정해진 역할이 있다는 사실 정도는 느끼고 있었다. 농구로 치면 가드와 포워드, 그리고 센터와 코치의 역할이 전부 다른 것처럼 말이다. 예를 들어 재즈 연주에서 트럼펫 주자는 '칼잡이Chopper'라고 부르기도 한다. 트럼펫 소리는 아름다운 호루라기 같아서 주위의 온갖 소리를 저미며 날카롭게 들어온다. 등장하는 순간 귀를 사로잡아 버린다. 물론 트럼펫 연주에서도 강약은 존재하고 마술 같은 기교를 부리며 소리를 섞는 장인도 많지만. 악기의 음 자체가 다른 소리를 집어삼킬 만큼 강렬한 것이다. 내가 유독 피아노 연주를 즐겨듣던 이유가 여기에 있다. 피아노는 트럼펫처럼 한없이 날카로워졌다가도, 베이스처럼 뒤로 완전히 빠져서 묵묵히 받쳐주기도 한다. 말하자면 올라운더다. 왜, 그런 애들 있지 않은가. 농구나 축구 같은 걸 하면 수비를 잘하다가도 꼭 필요할 때면 득점도 빠뜨리지 않는 친구. 내겐 피아노의 음이 그렇게 들린다. 그리고 빌 에반스는 그런 다재다능함이 누구보다 돋보이는 연주자다. 물론 앨범 커버에서는 그렇지 않지만.

원래 얘기로 돌아와서, 나는 일할 때 재즈를 즐겨듣는다. 잔잔한 스윙감에 악기의 조화가 느껴지는, 키보드를 경쾌하게 두드릴 수 있는 곡들을 듣는다. 듀크 엘링턴이나 카운트 베이시의 악단을 매우 작은 볼륨으로 들었다. 리듬감이 느껴지되 일에 방해는 안 됐으면 해서다. “차라리 메트로놈을 켜고 일하지 그러냐?”라고 물을지도 모르겠다. 그 방법을 나도 생각해보지 않은 건 아니다. 근데, 그건 좀… 정신병자 같지 않나? 실제로 정신질환이 있다 해도 그걸 굳이 메트로놈으로까지 티 낼 필요는 없지 않을까. 빌 에반스 트리오의 연주를 듣다가 보면, 우아하고 아름다운 피아노 선율을 기대했던 사람들에게 배신감을 일으키는 부분이 몇 군데 있다. 이 피아니스트는 관중이 자신에게 기대하는 음을 연주하다가도, 적당한 시기에 쏙 빠져서 다른 멤버에게 바통을 넘기는 기술이 남다르다. 상상해보자. 타고난 공격수가 환상적인 드리블로 상대편 수비를 다 제쳐놓았다. 골대가 앞에 있고 누가 봐도 슛을 때릴 타이밍에, 그는 아름답게 패스한다. 중계 화면에는 잘 보이지도 않던 와이드 오픈 상태의 팀원에게 공을 넘긴다.

대중은 스타를 원한다. 볼품없고 왜소한 행성들을 집어삼키고, 홀로 눈부시게 빛나는 슈퍼스타에 열광한다. 그가 아닌 뜻밖의 선수가 득점을 기록하면 '뭐 앞서나가니까 좋기는 한데, 왜 저기서 패스한 거야? 직접 넣어도 될 텐데' 하는 생각이 자연스레 든다. 이해하기 쉽지 않다. 왜 본인이 다 차린 밥을 굳이 남에게 먹여준단 말인

가. 그러나 그렇게 완성되는 것이야말로 팀이다. 가장 중요한 순간에 눈부신 승리를 거두는 팀. 슈퍼스타가 있는 팀은 그 한두 사람만 틀어막으면 그만이다. 물론 이 역시 쉽지 않겠지만 방법론의 측면에서는 분명 그렇다. 그러나 하나의 유기체로서 작동하는 팀, 각자가 자신이 필요한 상황과 해야 할 일을 알고 있는 팀은 훨씬 막기 어렵다. 빌 에반스는 자신에게 몰린 관심을 스콧 라파로에게 넘기길 주저하지 않는다. 베이스도 드럼도 어떤 순간에는 조연이 아니라 주연이 된다. 나는 빌 에반스의 피아노 덕택에 베이스와 드럼 소리를 듣게 됐다. 귀 기울여 듣지 않으면 알아차릴 수 없는, 하모니의 원리를 조금이나마 알아차릴 수 있었다.

리드 악기에 뒤지지 않는 호전적 연주. 이례적인 천재성을 지닌 베이시스트 스콧 라파로는 빌 에반스와 전설적인 라이브 앨범 두 장을 녹음하고 한 달 만에 교통사고로 목숨을 잃는다. 이 시기를 기점으로 헤로인에 깊이 중독된 빌 에반스는 1980년에 온갖 병변으로 고통에 휩싸인 채 죽었다. 그런 에반스의 죽음을 두고 그의 한 친구는 '역사상 가장 긴 자살'이었다고 말한다.

하나의 유기체로서 작동하는 팀, 각자가 자신이 필요한 상황과 해야 할 일을 알고 있는 팀은 훨씬 막기 어렵다.

빌 에반스는 자신에게 몰린 관심을 스콧 라파로에게 넘기길 주저하지 않는다. 베이스도 드럼도 어떤 순간에는 조연이 아니라 주연이 된다.

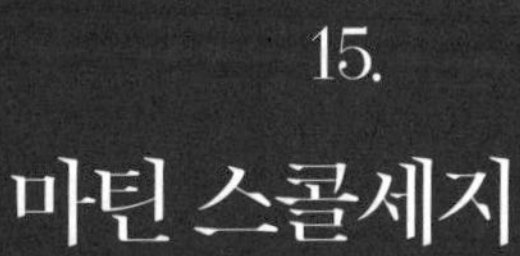

15. 마틴 스콜세지

Martin Scorsese

Awards
Peabody
THE UNIVERSITY OF GEORGIA
FOSTER PEABODY

°

그는 반드시 쏴야 하는 순간에만 총을 든다

영화감독이라는 직업은 군대의 야전 사령관과 닮은 부분이 많다. 하나의 목표, 각각 좋은 영화 제작과 전투 승리를 위해 내부에 다양한 조직을 갖추고 있다는 점이나, 비교적 단기간에 성과를 냄으로써 리더의 능력을 증명할 필요가 있다는 점 등…. 의사 결정권과 책임 소재를 모두 지닌 보스가 현장에 머무르며 진두지휘해야 한다는 것도 그렇다. 이 말인즉 영화감독에게는 전쟁터의 장군처럼 다수의 무리를 이끌고 제어할 카리스마가 필요하다는 이야기가 되겠다. 그러니까, 아마도 나는 못 할 것이다. 나는 키도 덩치도 크지 않고, 이상한 구석에서 극도로 소심해지는 면이 있는 데다가, 주위 사람들의 말에 쉽게 휘둘리는 등 리더십과는 오십만 광년쯤 거리가 있는 사람이기 때문이다.

그러나 부하를 휘어잡는 능력이란 험상궂은 인상이나 신전 기둥같이 크고 단단한 몸집에서만 나오는 것은 아니다. 마틴 스콜세지라고 하면 촬영장의 작은 거인이자 할리우드의 나폴레옹이라고 할 수 있는 인물이다. 한국으로 쳐도 작은 163cm의 키에, 우리 나이로 팔순을 넘은 고령에도 불구하고 왕성한 작품활동을 이어나가는 것을 보면 정말 그렇다. 따지고 보면 이십 년 전에도 환갑이 지난 할아버지였는데. 단조로운 정장에 짧게 자른 백발로 시상식을 거니는 것을 보자면, 꼭 그의 작품 속 캐릭터같이 마피아 보스 같은 풍모가 느껴지기도 한다. 원래 진짜 무섭고 센 사람들은 겉으로 봤을 땐 전혀 안 그래 보이는 법이 아닌가.

스콜세지가 할리우드 영화사를 빛낸 위대한 감독 중 한 명이라는 점은 자명하다. 그렇지만 워낙 옛날부터 활동해온 감독이고, 〈택시 드라이버〉와 〈좋은 친구들〉 같은 누아르 작품으로 유명해져서인지, 그의 작품이 지나치게 폭력적이며 소위 '마초적'이라는 인식도 존재하는 듯하다. 나야 그의 영화가 마초적이라는 부분에서는 뭐라 할 말이 없지만 – 그건 이런 데서 글을 길게 쓰기에는 민감한 문제이기도 하고 - 스콜세지라는 감독을 어떤 폭력성으로만 기억하는 것은 확실한 오해라고 지적하고 싶다. 그야 그의 작품에서 폭력적인 장면을 전부 검열한다면, 또 등장인물들 사이에서 벌어지는 싸움을 빼놓고 이야기한다면 정말 유감스러운 일이 되겠지만, 달리 말해 아주 불가능하지도 않다고 본다. 왜냐면 스콜세지 영화의 본색은 폭력의 빈도나 수위가 아니라, 그러한 폭력성을 바라보는 방식과 소화 능력이기 때문이다.

세간의 인식과는 달리, 그의 영화에는 잔인하다고 할 장면이 그렇게나 자주 나오지는 않는다. 유혈이 낭자 하는 장면도 보기 드물고, 액션신이랄 것도 거의 없다. 스콜세지 월드에서의 폭력은 대개 기습적으로 이뤄진다. 하긴 이거야 누아르 영화의 전반적인 특색이라고 할 수도 있겠지만…. 요컨대 관객이 '이 장면은 액션이구나' 하고 인식하고, 그 자체를 즐길만한 시간을 충분히 주지 않는 것이다. 예를 들어보자. 스콜세지의 영원한 페르소나인 로버트 드 니로의 경우, 키아누 리브스 같은 액션 배우와는 완전히 다른 유형의 인물이다. 각 잡힌 공격 자세를 취하는 일도 없고, 총알 세례 속에서 아크로바틱 서

커스를 펼치지도 않는다. 뭇 형사물처럼 총을 들고 대치하는 장면도 보기 어렵다.

그가 총을 들 때는 반드시 쏴야겠다고 판단했을 때뿐이다. 그곳에서의 범죄, 살인을 비롯한 수많은 폭력은 '그다지 특별한 상황이 아닌 것 같다.' 너무도 일상적인 흐름에서 관객의 긴장이 다소 느슨해진 순간에 틈입했다가, 또 그만큼 일상적인 분위기 속에서 사라진다. 결정적인 신을 상징하는 구도나 연출 따위도 대부분 배제된다. 그 장면은 마치 촬영에 서툰 여행 작가가 막 찍어놓은 길가의 도로 같다. 색이 바랜 횡단보도와 문 닫힌 식료품점 간판 옆 길에, 몇 초 전만 해도 살아 있던 인물이 가죽 덩어리가 된 채 바닥에 누워 있을 따름이다. 그의 필름 속에서 묘사되는 죽음은 – 으레 관객들이 기대하는 것처럼 – 비장하지도 의미심장하지도 않다. 도리어 냉혹할 정도로 무신경하며, 소름 끼칠 만큼 아무렇지 않다. 방금 사람을 처리한 드 니로는 아무렇지 않게 걸어서 화면 밖으로 사라지는데, 그 '적당히 서두르는 척'하는 걸음걸이만 놓고 보자면 '아이고, 옷을 너무 얇게 입고 나왔네, 이러다 감기 걸릴라' 같은 생각으로 평범하게 집으로 돌아가는 사람처럼 비친다.

감독으로서의 일목요연한 연출 능력과는 별개로, 마틴 스콜세지가 지휘한 작품 대부분은 '머리를 텅 비우고 봐도 좋은' 영화라고는 하기 어렵다. 촬영장에서와는 달리, 스크린 앞에 있는 관객들에게만큼은 이래라저래라 하는 타입이 아니기 때문이다. 스콜세지는 어떤 신에서 어떤 감정을 느껴야 할지를 정확하게 제시해주지 않는다. 〈존 윅〉이나 〈테이큰〉같이 속이 뻥 뚫리는 액션, 〈타이타닉〉이나 〈이터널 선샤인〉에서 느껴지는 압도적 감동이 없다. 소비자가 최적의 경험을 하도록, 완벽한 동선을 짜놓은 테마파크나 코스요리가 아니다. 그보다는 없는 것 빼고 다 있는 만물상, 보이는 대로 원하는 대로 즐기는 뷔페에 가깝다. 비일상적인 경험, 강렬한 캐릭터, 단순하면서도 정교한 은유, 독창적인 메시지…. 영화라는 매체에 기대할 만한 모든 것이 거기에 있지만, 관객들은 스스로 찾고 생각해야만 한다.

유명 소설을 원작으로 영화를 제작하는 것에 대해, 나는 기대보다 우려가 앞서는 편이다. 애초에 각본이라는 것도 글로 돼 있기는 하지만…. 글과 영상은 정말이지 너무도 다른 콘텐츠이기 때문이다. 극히 뛰어난 일부

사례를 빼놓고 생각했을 때, 그런 작품들은 원작의 매력을 충분하게 끌어내지 못하고, '영화로서의 특장점을 강조하려는 의도'에 따라 멀찍이 떨어진 차원의 결과물을 내놓는 경우가 있다. 그렇지만 만일 마틴 스콜세지가 내 소설을 원작으로 영화를 만들겠다고 제안해온다면…? 난 정말 그것만큼은 거절할 수 없을 것 같다. 그야 나는 총이 등장하는 이야기를 거의 쓰지 않는다. 한국은 총기 소지가 금지된 나라이기 때문이다. 하지만 스콜세지는 이디스 워튼 원작의 《순수의 시대》를 놀라울 정도로 아름답게 영화화한 경력이 있고, 동양 작가인 엔도 슈사쿠의 《침묵》도 그만의 방식으로 훌륭하게 번역해냈다. 뭐, 이건 결말에 들어서 '이 인간도 사람이구나' 같은 느낌이 들긴 했지만. 어쩌겠는가, 그도 유구한 이태리 혈통의 가톨릭 신자인 것을.

우리 세대에게 가장 널리 알려진 스콜세지의 영화라고 하면 〈더 울프 오브 월스트리트〉일 것이다. 세 시간에 달하는 긴 러닝타임에 비해 의외로 팬층이 상당한 작품인데, 그 이유를 추측하자면 대충 이렇다. 첫 번째는 우리에게 너무도 익숙한 배우 디카프리오가 등장한다는

것이고, 두 번째는 그의 신작 〈아이리시맨〉이 넷플릭스를 통해 유통될 당시 OTT 알고리즘의 선택을 받았으며, 세 번째는 '초라하게 시작해도 창대하게 끝나고 싶은' 한국적 자본주의 심리를 꿰뚫는 이야기라서다. 무일푼 백수이던 주인공이 일확천금의 찬스를 잡고, 마고 로비 같은 미인과 결혼해 대궐 같은 집에서 살아보는 것…. 나로선 이 영화에 대한 감상이 '기왕 이렇게 태어났는데, 망할 때 망하더라도 화끈하게 살다 죽는 게 좋겠지' 정도로 결론짓는 게 아쉽긴 하다. 하나 이런 면마저 영화의 일부라고 한다면, 난 막 데뷔한 조디 포스터를 위해 관자놀이에 방아쇠를 당기도록 하겠다.

비일상적인 경험,
강렬한 캐릭터,
단순하면서도 정교한 은유,
독창적인 메시지….

영화라는 매체에 기대할 만한 모든 것이 거기에 있지만, 관객들은 스스로 찾고 생각해야만 한다.

16.

무라카미 하루키

村上春樹

Murakami Haruki
일인칭 단수
Murakami Haruki
1Q84
BOOK 3
10月–12月
1Q84
BOOK 2
7月–9月
1Q84
BOOK 1

ㅇ

한번쯤 이겨보고 싶은 '적', 혹은 '어른'

미리부터 얘기해두지만 나는 하루키의 팬이 아니다. 하지만 그가 낸 책은 소설이고 수필이고 가리지 않고 거의 다 읽었다. 그는 글을 엄청나게 많이 쓴 인간이다. 그럼 팬 아니냐고? 천만의 말씀. 손자병법에 나오길 '적을 알고 나를 알면….' 이하는 생략하겠다.

나는 진지하게 하루키를 경쟁상대로 여긴다. 실제로 나는 꽤 그럴듯한 문장이나 문단을 쓰고 나면 '이건 하루키보다 잘 썼다'라며 속으로 자화자찬하곤 했다. 가끔은 입으로도 말했다. 글을 잘 쓰다가도 '어, 잠깐. 방금은 하루키처럼 썼잖아. 다시 써야겠다…' 하고 문단 전체를 지운 적도 많다. 어째서 하루키냐? 이유는 딱히 없다. 굳이 하나 말하자면 아직 정정하게 살아계셔서인 것 같다. 오래전에 죽은 작가들과는 경쟁하기가 조금 애매하기 때문이다. 헤밍웨이랑은 싸워서 이길 자신이 없고-총이 있으니까-, 도스토옙스키는 탈모가 있으며, 톨스토이는 지주 귀족이다. 그런가 하면 하루키는 폴 매카트니 같은 '리빙 레전드'이므로, 대충 견줘봄으로써 자신감을 얻고 그러기에 용이하기까지 하다.

'너 따위가 뭔데 감히 하루키씩이나 되는 작가와 경쟁을 하냐'고 생각하는 사람들에게는 불과 몇 년 전까지만 해도 대중적이고 야한 이야기를 다룬다고 해서, 하루키를 야설 작가쯤으로 여기던 국내 여론을 상기해주고 싶다. 대학생 시절에는 《1Q84》를 들고 있는 사람을 보면서 "저건 그냥 고급 야설이잖아. 저딴 걸 왜 읽지?"라던 놈들도 있었다. 그러면서 학창시절 베르나르 베르베르'씩이나' 읽던 자기네들은 아주 합리적이고 이성적인 사람이라고 생각하더란다. 그래놓고 하루키가 노벨문학상 후보에 오르내리기 시작하니까 입을 닥쳤다.

한가롭게 책이나 들여다볼 만큼 여유롭지 않다는 '요즘 사람들'은 다 그런 식이다. 맨부커상, 그러니 노벨문학상에 비견될 만큼 대단한 문학상을 받았으니까 《채식

주의자》를 찾아서 읽고, 백희나 씨가 린드그렌상을 받고 나니 《구름빵》의 저작료 문제에 주목하기 시작했다. 더구나 그 지루한 《만인보》를 전부 읽고 고은의 팬이 된 사람은 내가 아는 한, 단 한 명도 없다. 물론 노벨문학상을 받나 마나 하는 얘기가 나와서 팬이 됐다가, 성 추문이 도드라지면서 안티가 된 사람들은 질리도록 봤다.

하여간 나는 그런 사람들에게는 별로 해명하고 싶지 않다. 그런 사람들이 진정 바라는 것은 타인의 좌절이지 해명이 아니기 때문이다. 하루키의 글을 유심히 읽어본 사람이라면 모를 수가 없다. 하루키는 옆 나라 한국의 이십 대 무명의 글쟁이가 속으로 늘 '하루키보다도 대단한 글을 써보겠어'라고 생각하는 것을 불쾌하게 여길 사람이 아니다. 한 번은 꿈에 하루키가 나와서 나한테 이렇게 말했다.

"네 글에서는 느껴지지가 않아. 잘은 설명할 수 없지만, 겉보기에는 멀쩡하고 아주 매력적이기도 하지만, 사실은 매우 중요한 것이 빠져 있어. 마치 '안이 텅 비어 있는-요 일곱 글자에 강조점을 찍어주어야 한다-' 바바

村上朝日堂
村上朝日堂の逆襲
日出る国の工場
神の子どもたちはみな踊る
村上ラヂオ
海辺のカフカ
村上春樹
羊をめぐる冒険
スプートニクの恋人
夢で会いましょう
遠い太鼓
国境の南、太陽の西
回転木馬のデッド・ヒート
ダンス・ダンス・ダンス
ノルウェイの森
1973年のピンボール
レキシントンの幽霊
パン屋再襲撃
TVピープル
翻訳夜話
ロング・グッドバイ
The Long Goodbye
レイモンド・チャンドラー
ねじまき鳥クロニクル
第1部
第2部
第3部
鳥刺し男編
新潮社
東京奇譚集
辺境・近境
アフターダーク
神の子どもたちはみな踊る
走ることについて語ると
僕の語ること

리안 필드 도넛 같아." 그의 비평에 나는 딴소리로 응수했다. "왠지 한국말을 잘하시네요?" "그야, 꿈이니까." 하루키는 왼쪽 네 번째 발가락 윗부분을 손톱으로 긁으며 말했다. 나도 그 마음을 알 것 같다. 거기는 종종 가려운 부분이다. 왜인지는 모르겠지만. 아마도 인류 역사에 몇 안 남은 미스터리 중 하나일 것이다.

"꿈에서는 무슨 일이든지 일어날 수 있어. 무슨 일이든지 말이지."

"아, 그럼 꿈속 세계에서는 《노르웨이의 숲》이 한국에서도 잘 팔렸나요?"

"그게 무슨 소리야? 그건 제일 많이 팔린 책 중에 하나야. 얼마나 팔렸는지 세지는 못했지만 아무튼 많이 팔렸어. 한국에서도 많이 팔렸을걸."

"아니, 아니죠. 한국에서 많이 팔린 건 《상실의 시대》라고요. 《노르웨이의 숲》이 아니라."

"아니, 이런 씨발놈이!"

꿈은 거기서 깼다. 내 인생 통틀어 제일 유쾌한 꿈 중 하나였다. 나는 일어나자마자 이 부분을 일기에 적어두었다.

하여간 나는 하루키의 팬이 아니라 적이기 때문에, 구태여 하루키에 대해 평론 엇비슷한 것이나마 해보자면 이렇다. 일단 하루키는 '시간을 들여'라는 표현을 자주 쓴다. 번역상의 문제인지 아니면 정말 많이 쓰는 건지는 모르겠지만-아마 둘 다 아닐까-. 사정이 많이 나오는 것도 사실이지만, 무엇보다 서사적 필요 때문에 등장하는 경향이 강하다. 하루키의 글에는 도스토옙스키나 피츠제럴드에게 없는 동양적 감수성, 내 마음대로 부르길 '구질구질'한 정서가 강하다.

그러나 동시에 그들이 가지고 있는 경제적 압박감, 내가 즐겨 부르는 '프롤레타리아' 감성은 거의 느껴지지 않는다. 하루키쯤 되는 작가라면 모르거나 못 써서가 아니라, 그냥 자기가 하려는 이야기에 필요가 없다는 판단이었겠지만…. 왜냐하면 하루키 자체가 있는 집 출신이기 때문이다. 우리나라로 치면 고려대 국문과쯤 되는 와세다대 문학부 출신이고, 고상하게 번역과 재즈바 운영을 하다가 야구장에서 소설가가 되기로 결심했다. 그러니 경제적 핍진성에 대해 글을 쓸 유인이 없지 않았을까.

가령《색채가 없는 다자키 쓰쿠루와 그가 순례를 떠난 해》의 주인공은 이렇다. 아버지에게 그냥 얻게 된 시계가 태그호이어이고, 도쿄에 있는 대학에 진학했더니 때마침 아버지 회사 명의의 남는 아파트가 하나 있어서 그곳에 살기로 한다. 월세는 당연히 없고 이발비와 병원비 같은 건 문젯거리가 아니다. 이 주인공뿐 아니라 그의 소설에서는 항상 산속의 고즈넉한 별장이나 차 이야기가 심심치 않게 나온다. 재즈와 클래식 음악처럼 교양 넘치는 소재도 즐비하다. 하기야 하루키의 왕년은 일본의 부동산 버블 붕괴 이전이었으니, 소설 전반에 느긋하고 고상한 뉘앙스 밴 건 당연한 귀결일지도 모른다. 오히려 요즘 젊은 세대가 가진 또 다른 차원의 상실감이며 우울감을 어설프게 흉내 내려 했다면, 그의 작품 세계는 돌이킬 수 없는 손상을 입었을 것이다. 그건 작가의 역량이 어쩌고 하는 문제가 아니다. 시간의 본질에 관한 문제다. 누구도 어떻게 할 수가 없는 문제인 것이다.

내 책의 리뷰 중에 '20대의 하루키가 글을 썼다면 꼭 이랬을 것 같다'라는 평이 있었다. 하루키의 팬인데도 그런 표현을 썼다는 것은, 정말이지 내겐 과분할 정도의

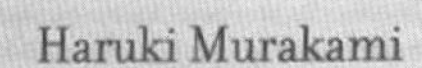
Haruki Murakami
1Q84
BOOK THREE
Translated from the Japanese by Philip Gabriel

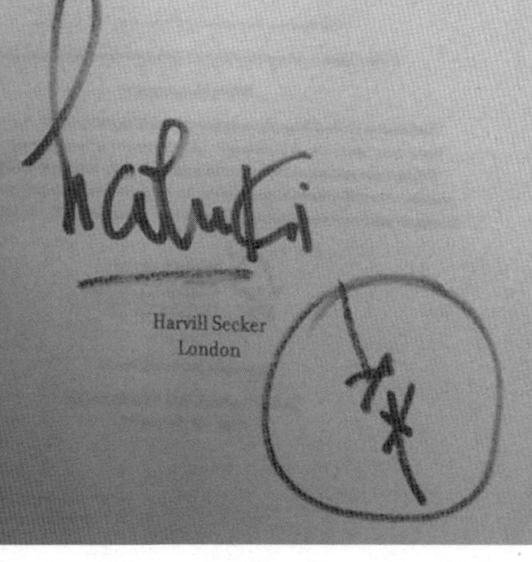
Harvill Secker
London

극찬이었을 거다. 다만 하루키를 진심으로 '적'으로 인식하는 나로서는 만감이 교차했다. 그때부터 '하루키와 다르게 쓰는 것'에 더 주의를 기울였다. 하루키란 내게 다른 방식으로 이기고 싶은 '어른'이기 때문이다.

하루키, 아니 왠지 여기서부턴 존칭을 쓰고 싶다. 무라카미 하루키 씨는 1949년 출생으로 지금은 칠순이 넘었다. 내게 단기적인 꿈이 하나 있다면 내 이름으로 된 소설을 일본어로 번역해 출간하는 것이다. 그래서 하루키 씨가 내 글을 읽을 가능성이 1퍼센트라도 있으면 한다. 마일스 데이비스가 그랬던가? 정말로 슬픈 것은 아무것도 가지지 못했을 때가 아니라, 모든 걸 가졌지만 남은 시간이 없을 때라고. 아, 하루키 씨. 당신은 JBL 백로드혼으로 클리퍼드 브라운을 듣는다고 했었죠. 아시겠지만 세상은 많이 바뀌었습니다. 몇 년 전부터 JBL은 삼성의 계열사가 됐고요. 저는 보스 사운드링크를 쓰는데, 이건 선도 연결할 필요가 없어요. 줄이 없으니 힘도 없는 것 아니냐고요? 그래도 체임버스의 베이스는 기가 막힙니다. 요즘은 안드레아 모티스의 매력에서 벗어나지 못하고 있지만요. 언젠가 뵐 수 있길 바랍니다.

나는 그런 사람들에게는 별로 해명하고 싶지 않다. 그런 사람들이 진정 바라는 것은 타인의 좌절이지 해명이 아니기 때문이다. 하루키의 글을 유심히 읽어본 사람이라면 모를 수가 없다. 하루키는 옆 나라 한국의 이십 대 무명의 글쟁이가 속으로 늘 '하루키보다도 대단한 글을 써보겠어'라고 생각하는 것을 불쾌하게 여길 사람이 아니다.

17.

데이브 샤펠

David Khari
Webber Chappelle

CHAPP

°

오랜 고민과 인류애가 스며 있는 유머들

우리나라에서 미국의 코미디언이라고 하면 코난 오브라이언-이쪽은 직접 한국을 방문하기도 했다-이나 지미 팰런, 케빈 하트 정도가 유튜브 등을 통해 그나마 알려진 편이다. 최근 들어선 데이브 샤펠도 넷플릭스 스페셜이나 몇몇 한국어 번역 클립으로 인지도가 생기는 중이기는 하지만. 특유의 화법이나 블랙 코미디-이건 진짜 '블랙'을 말하는 것이다-가 한국 정서와는 딱 맞아떨어지지 않다 보니, 지금 수준 이상으로 더 잘 알려지기란 불가능하지 않을까 하는 게 나의 소견이다. 이건 코로나 시국이 해소된다고 해도, 샤펠이 느닷없이 한국어를 열심히 배워 내한 라이브쇼를 벌인다고 해도 마찬가지라고 본다. 그때도 한국인들은 무대에 선 인물이 '자지나 보지' 이야기를 한 시간 내내 늘어놓는 것에 익숙하지 않을 테니까. 뭐, 그래도 그 정도면 양반이다. 이 인간이

'자지도 보지도 아닌 것'에 대한 얘기를 할 때는, 화면 너머에 있는 나조차도 아찔해질 때가 있다….

데이브 샤펠을 전혀 모르는 사람이더라도 그의 얼굴 정도는 알 기회가 몇 번 있었을지 모른다. 그냥 코미디언이기만 한 게 아니라 〈콘에어〉같이 유명한 영화에 조연으로 출연한 적도 있는 배우이기도 하니까. 1997년에 개봉한 이 영화를 나는 학창시절 교실의 TV를 통해 봤는데, 지나고 보니 '관람 연령이 알맞은가' 하는 것부터 '대체 그런 구닥다리 영화 파일을 어디서 구한 것인가' 하는 의문이 들기도 했지만, 여기서 중요한 것은 샤펠과 나의 인연이 생각 이상으로 오래됐다는 점이라 하겠다.

한편 내 글을 좀 오래 봤다 싶은 사람들은 알지도 모르겠는데, 나는 한때 리뷰라는 걸 써서 온라인에서 꽤 유명해진 적이 있었다. 어떻게 그런 막 나가는 글을 마구 써서 올릴 수 있었는지, 지금 되돌아보자면 전신이 달아오르고 등줄기에 식은땀이 흘러내릴 만큼 부끄럽지만…. 어찌어찌 지금껏 계속해서 글을 쓸 수 있는 것도 그때의 경험과 자산이 없었다면 불가능했을지 모르기 때문에, 좋든 싫든 받아들여야 하는 과거라고 여기고는 있다. 역시 그건 어쩔 수 없지 않을까. 하여간 멋모르고 잘나가던 그때의 내가 반박불가 퇴물역 직행 미끄럼틀에 올라탈 때가 있었으니…. 난 재미없는 영화나 이상한 맛 과자 같은 걸 리뷰하는 것에 지쳐버렸던 것 같다. 그래서 온라인 커뮤니티를 달궈대던 논쟁거리나 사건들을 소재로 글을 쓰다가, 된통 욕을 먹게 된 것이다. 물론 욕을 먹은 이유는 그것 말고도 많이 있었지만 – 그 얘긴 여기서 하지 말도록 하자 – 잘 모르는 주제에 괜히 나섰다가 논란만 키운 게 어느 모로도 도움이 되지는 않았다. 나는 지금도 어린데, 그때는 지금보다도 어렸다. 요즘도 철이 없다는 점에서는 똑같다고 볼 수 있지만 – 오히려 더 한심하다고 볼 수도 있지만 – 그땐 겁대가리라는 것도 없었으므로 훨씬 위험한 상태였다.

실감할 수 없는 성공에 힘입어, '김리뷰' 시절의 나는 조금쯤 도취된 상태로 하루하루를 보냈다. 내가 쓴 리뷰로 인해 어떤 영화의 관객 수가 폭등하기도, 또 어떤 브랜드에 대한 인식이 바닥을 기기도 했기 때문에, 나는 '내가 진심을 담아 쓰기만 한다면' 무엇이든 사람들에게 용인되리라 믿었다. 하지만 현실은 어땠느냐고? 나는 '네가 쓴 글을 보는 게 지친 하루의 유일한 낙'이라던 사람들에게 통렬히 비판받았다. 의도치 않은 실수로 큰 실망을 안겼다. 상처받은 마음을 숨기려다 괜한 오해를 샀고, 때로는 실제로 일어나지도 않은 일 때문에 배신감까지 느끼게 했다. 나는 리뷰를 쓰는 일에 대해 완전히 지쳐버렸다. 어디론가 완전히 도망친 다음, 아무도 나에 대해 기억하지 못할 때까지 숨고 싶었다. 그 시기에 우연히 누군가가 내 글을 공유하면서 '얘가 쓴 글에는 남다른 깊이가 있어. 얘는 그냥 코미디언이 아니라 데이브 샤펠이야'라고 언급한 것을 보았다. 나는 그때만 해도 데이브 샤펠이 정확히 누구인지 알지 못했지만 적어도 그것이 과분할 정도의 극찬이라는 점은 충분히 알 수 있었다.

2000년대 초, 데이브 샤펠은 서른 살을 전후한 나이에 흑인 코미디언으로서는 입지전적인 성공을 거뒀다. 그의 이름을 딴 TV 프로그램 '샤펠 쇼Chappelle's Show'가 큰 성공을 거두면서 5,000만 달러에 달하는 대규모 재계약을 앞두고 있던 시점. 바로 그때 샤펠은 모든 걸 놓아버렸다. 쇼 제작 도중에 갑작스럽게 남아프리카로 떠나버리고 만다. 대체 왜? 방송계의 탄탄대로, 꽃길만 걸으면 그만이었을 그가, 왜 그런 기행을 벌였는지에 대해 언론 및 연예계 전반에 온갖 추측이 난무했다. 어떤 뉴스는 '그 당시 샤펠은 약을 했거나 정신적인 문제가 있었던 것이 분명하다'는 주장–나중에는 본인을 소재로 한 농담에 써먹게 됐지만–도 했다. 하지만 나는 스탠드업 코미디 출신이었던 샤펠이 TV쇼 호스트로서의 성공에 대해 늘 경계했다는 사실, 그리고 하차 이전에 했던 한 공연장에서 관객들에게 이렇게 말했던 사실을 알고 있다.

"내 쇼–샤펠 쇼–가 왜 멋진지 알아? 방송 관계자들은 당신들 대중이 나만큼 똑똑하지 않다고 말하고, 나는 그런 너희들을 위해 매일 싸우고 있기 때문이야. 나는 그들에게 당신들이 얼마나 똑똑한지에 대해 말해. 그런데 지금 보니 내가 틀렸네. 당신들은 바보야."

가장 대중적으로 인기 있는 콘텐츠들, 예컨대 황금시간대에 방영되는 신파 드라마나 수백만 명의 팔로워를 거느린 유튜브 채널 영상을 보면 종종, 그 소비자층인 대중들을 조소하고 경멸하고 있다는 인상을 받곤 한다.

사람들을 얼마나 우습게 보면 이렇게 노골적일 수 있나? 이건 해도 해도 너무한 게 아닌가 하는 느낌.

TV는 바로 그런 유형의 콘텐츠에 특화된 매체다. 그만큼 광범위한 대상을 상대로 뭔가 제공하려고 할 때는, 최소한 어떤 면에서는 과도하게 단순화시키고, 심지어는 깔보아야 할 필요까지 있다. 그렇게 대중매체의 실체를 명확하게 알면 알수록, '대중'이라는 이름으로 덩어리진 군상들에 대한 혐오가 싹튼다. 창작을 업으로 삼다 보면 흔히 볼 수 있는 현상이다. 결국 그 무지몽매한 바보들을 위해, 그저 바보 같은 콘텐츠를 바보같이 계속 만드는 것이 나의 일이라는, 미래도 인류애도 없는 그런 결론에 다다르고 나면 좀처럼 헤어나오기 힘든 슬럼프에 직면한다. 내 글을 읽는 사람들이 전부 바보들이라면, 그런 바보들을 위해 적당한 글만 쓰며 살아가는 나는 도대체 뭐란 말인가? 이 일을 계속 이어가서 얻을 수 있는 것이 고작 '내 성공을 뒷받침해준 이들을 정당하게 무시할 수 있는 권리'에 지나지 않는다면? 이렇다 보니 스타들이 바라는 대중적 인기란 실로 이율배반적이다. 광대만큼 관심받으면서 영웅처럼 존경받고자 하기 때문에.

십 년 가까이 연예계에서 자취를 감췄던 데이브 샤펠은 진정한 스탠드업 코미디언이 되어 돌아왔다. 혹자는 그가 너무 감쪽같이 잠적해 있어서 '이미 죽은 게 아닌가' 하는 의혹을 내놓기도 했다. 반쯤은 맞는 말 같다. 그 긴 잠적기를 전후로 그의 코미디 전개에는 큰 변화가 있었다. 그 이전까지의 데이브 샤펠은 일부 죽고 다시 태어났다고 봐도 무방할 정도이다. TV쇼에서 벗어난 그는 전보다 솔직해졌다. 한층 신랄하고 재미있어진 동시에 엄격하며 자유분방해졌다. 인종과 젠더 이슈를 꺼리지 않고, 이 이슈를 극도로 파편화하고 희화화하며 웃음을 자아내는 한편, 진중하고 설득력 있는 깊이감을 잃지 않는다. 우리가 발붙이며 사는 이 지구는 물론 온 우주에 있는 것들을 농담거리로 삼고 조롱하지만, 그럼에도 '같이 살아갈 수밖에 없는 현실'을 외면하지 않는다. 정치적 올바름에 대해 허심탄회하게 이야기하고 웃기기까지 하는데, 그것이 무조건 그릇되거나 옳다는 인상은 주지 않는다. 그의 조소에는 왠지 모를 힘이, 오랜 번뇌의 흔적이, 어휘를 초월한 동료애가 있다. 무엇보다 나는 데이브 샤펠이 지난 2019년 '마크 트웨인 코미디 어워드'를 수상했다는 사실이 마음에 든다. 아니, 그 상은 마크 트

DAVE CHAPPELLE
ON BROADWAY
DAVE CHAPPELLE
DAVE CHAPPELLE
DAVE CHAPPELLE
Don't believe what you hear. Believe what you see.

웨인의 이름을 딴 것 아닌가. 《허클베리 핀의 모험》은 내가 아는 고전문학 중에 '검둥이Nigger'라는 단어가 가장 많이 나오는 작품인데도!

TV쇼에서 벗어난 그는 전보다 솔직해졌다. 한층 신랄하고 재미있어진 동시에 엄격하며 자유분방해졌다. … 우리가 발붙이며 사는 이 지구는 물론 온 우주에 있는 것들을 농담거리로 삼고 조롱하지만, 그럼에도 '같이 살아갈 수밖에 없는 현실'을 외면하지 않는다.

18.

제인 오스틴

Jane Austen

°

역사상 가장 로맨틱한 미혼의 작가

"재산 깨나 있는 중년 남성에게 아내가 필요하다는 것은 누구나 인정하는 진리이다."《오만과 편견》의 서두를 장식하는 문장이다. 인류 사회에 결혼 제도가 존재하는 한-또 그 제도라는 것이 개인의 사유재산과 경제요인에 결부되어 있는 한-과연 그 어떤 민족과 나라가 이 문장이 풍기는 신랄함에서 완전히 자유로울 수 있을까?

다음은 누누이 말하는 이야기다. 나는 결혼이 기업 간 인수합병과 크게 다르지 않다고 생각한다. 현대에 와서는 인간적인 이끌림으로부터 시작해 애틋한 감정을 거쳐 결혼으로 골인하는 것이 가장 정석적이고, 모름지기 진정한 결혼이란 그래야 한다는 인식까지 생겨난 판이지만…. 결혼이라는 제도의 시발점을 생각해보면 꽤나 생뚱맞은 논리다. 결혼이란 작게는 집안과 집안 사이에,

크게는 나라와 나라 사이의 이해관계를 공식화하는 데 의의가 있던 것이지, 개개인의 사랑에 따른 성취와는 별 관계가 없던 것이다. 이왕 결혼해서 평생 같이 살게 될 것, 이런저런 면에서 죽이 잘 맞으면 좋긴 할 것이다. 그러나 그건 새로 뽑은 차에 선루프가 있느냐 없느냐 하는 문제와 비슷하다. '그것도 되면 좋은 것'일 뿐, 최우선으로 고려해야 할 사항은 못 되는 것이다. 차를 살 때 가장 중요한 것? 그거야 당연히 언제까지 별 탈 없이 잘 굴러가느냐에 달린 것 아니겠는가.

지금쯤 '결혼에 대해서 요즘 세대치곤 지나치게 꼰대처럼 쓰는 것 아닌가' 하는 의문이 샘솟는 사람도 있을지 모른다. 하지만 나는 오히려 지적하고 싶다. 젊은 사람들일수록 돈 따위 신경 쓰지 않는, 보수적인 관념에서 벗어난 결혼을 추구할 것이라는 생각이야말로 오만한 편견이다. 실제로 젊은이들은 소위 말하는 결혼정보업체에서 유출된 – 이것이 진짜로 '유출'된 것인지는 의문이다 – 신랑, 신부감 기준이 얼마나 비현실적인지에 대해 비아냥대기 일쑤지만, 막상 본인이 결혼할 나이가 되고 슬슬 안정적인 노후를 걱정해야 할 시기가 되면 그런

업체에 문의 전화라도 한 차례 넣게 되는 것이 우리네 불편한 심리다. 내 말이 의심스러운 분들은 한 번쯤 들어보았을 결혼정보업체들의 소비자층이 얼마나 두터운지를, 또 그 회사들의 재무제표가 얼마나 탄탄한지를 미루어 짐작해주었으면 한다.

연애의 행태는 달라졌을지 몰라도 결혼의 기준은 크게 바뀌지 않았다. 젊은 층이 자주 이용한다는 온라인 커뮤니티에는 '연애는 낭만이지만 결혼은 현실'이라는 말이 금언처럼 나돌아다닌다. 결혼할 상대방이든 나 자신이든, 그런 현실적인 기준이 충족될 기미가 없을 것 같으니 제도의 부정이며 비혼주의자 선언 같은 결론에 이르게 되는 것이다. 오히려 결혼이라는 행위 자체에 대한 기준은 더욱 높아진 감이 있는데, 과거에는 '가정에 손찌검하는 일 없이 할 일 열심히 하고, 술 먹고 큰 사고나 안 치면 그만'이었던 것이 이제는 '사람 됨됨이는 기본 중의 기본이고, 나이에 걸맞을 만큼 모아둔 재산과 넉넉한 형편의 가족, 그리고 몸담고 있는 업계에서의 장래성까지 탑재'해야 간신히 무난한 남편감으로 인정받는 추세다. 내가 보기에 작금의 청년층이 부모님 세대와 다

PRIDE

AND

PREJUDICE:

A NOVEL.

IN THREE VOLUMES.

BY THE

AUTHOR OF "SENSE AND SENSIBILITY."

VOL. I.

London:

PRINTED FOR T. EGERTON,

MILITARY LIBRARY, WHITEHALL.

1813.

른 점은 '결혼하기 전까지, 연애나 섹스는 할 수 있을 때 실컷 해두자'는 부분에서 광범위한 암묵적 동의가 이뤄졌다는 점 정도가 아닐까 싶다.

경위야 어찌 됐건 간에, 지금은 '결혼을 하지 않는 것'이 그리 이상한 일처럼 여겨지지 않고 어떤 측면에서 조금은 '독립적이고 멋있어 보이는' 느낌마저 풍기는 시대다. 그럼에도 불구하고 한살 두살 나이를 먹고, 주위에 너나들이하던 친구들이 시집, 장가가서 갓난아기 사진을 SNS에 업로드하는 걸 보자면 그조차 압박감이 여간하지 않은 것이 사실이다. 하물며 제인 오스틴이 살던 시대는 18세기 영국이었다. 그 당시 사지 멀쩡한 여자가 마흔한 살까지 독신으로 살다가 죽는다는 건, 위대한 여왕 폐하들 중에서나 가까스로 사례를 찾을 수 있을 만큼 상상하기 어려운 일이었으리라.

하지만 오스틴이 노처녀로 살다 죽은 이유가 독신주의에 대한 무슨 거창한 신념이나, 위대한 문학을 탄생시키는 데 온정신을 집중하느라 연애 따위에 신경 쓸 겨를이 없기 때문은 아닌 것 같다. 그런 그녀도 '거의 결혼할 뻔했던 적'이 최소한 두 번은 있던 것으로 전해진다. 더구나 《오만과 편견》이나 《이성과 감성》, 《맨스필드 파크》를 비롯한 모든 장편은 공통적으로 '남녀의 연애와 결혼'이라는 주제를 다룬다. 따라서 그런 데 관심이 없었다기보다야 '사실은 엄청나게 관심이 있었는데 살다 보니 아다리가 안 맞아도 너무 안 맞아서' 성사되지 않았다고 보는 쪽이 타당할 듯하다. 오스틴만 한 위인을 품을 남자가 없었다고 봐도 무방하겠으나…. 그만큼 결혼운이 따라주지 않아 탄생한 것이 그 걸작들이기도 하니, 이럴 때의 만약이란 참으로 허무하다. 그건 '이디스 워튼이 행복한 결혼을 해서 이혼할 일이 없었다면 어땠을까?' 하는 가정처럼 부질없다.

또 오스틴의 '거의 결혼할 뻔했던' 이야기들이라고 하면, 두 번 모두 특별하기는커녕 매가리 없는 결말로 끝난 감이 있다. 스무 살 때 아일랜드 청년 톰과 사랑에 빠져 결혼을 약속한 게 첫 번째였다. 그녀는 중산층 가정에서 태어나 지참금도 변변찮았다. 그런 와중에 남자 측도 경제적 기반이 튼튼하지 못하다는 이유에서 상대 쪽 집안의 반대가 극심했다. 결국 두 사람은 영영 헤어졌으며, 오스틴은 낭만적인 사랑과 현실적인 결혼 사이에 존재하는 괴리감으로 극심한 상처를 받았다. '결국 결혼이라는 건 전부 돈이구나. 더럽고 서러워서 결혼 따위 안 한다. 죽을 때까지 글이나 존나 써야지'라고 생각한 듯 왕성한 집필 활동을 이어가던 어느 날, 이십 대 후반에 접어든 제인 오스틴에게 난데없이 청혼해온 남자가 있었다. 옥스퍼드를 갓 졸업한 해리스라는 이름의 청년이었다. 톰과 달리 해리스의 집안은 부유했다. 여자 나이 서른을 앞두고 혼기를 놓쳐가던 오스틴에게는 사실상 마지막 기회에 가까웠다. 오스틴은 그녀 자신의 미래, 그리고 가족의 경제적 안정을 위해서 해리스의 청혼을 승낙했다가 바로 다음 날 아침에 '내가 치명적인 실수를 한 것 같다'며 결혼을 취소해버렸다. 이유는 '아무리 생각해도 매력이 없어서.'

지극히 경제적인 이유로 좌절된 첫 결혼. 지극히 감정적인 이유로 포기한 마지막 결혼. 그저 기록으로 남겼다면 좀 희한하지만 대단할 것 없는 케이스였을 것을, 그녀는 자신만의 독특한 관점과 문학적인 재치로 다듬어 몇 편의 위대한 소설로 남겼다. 오스틴은 특히 소설이라

(2.

Ld Osborne was a very fine young Man;
but there was an air of Coldness, of Carelessness, even of
Awkwardness about him, which seemed to
speak him out of his Element in a Ball room.
He came in fact only because it was judged
expedient for him to please the Borough – he was not
fond of Women's company, & he never danced. –
Mr Howard was an agreable-looking
Man, a little more than Thirty. –
At the conclusion of the two Dances, Emma found
herself, she knew not how, seated amongst the
Osborne set; & she was immediately struck
with the fine Countenance & animated ges:
:tures of the little boy, as he was standing
before his Mother, wondering when they
should begin. – "You will not be surprised at
Charles's impatience, said Mrs Blake, a
lively pleasant-looking little Woman of 5 or
6 & 30, to a Lady who was standing near her;
when you know what a partner he is
to have. Miss Osborne has been so very
kind as to promise to dance the two 1st
Dances with him." – "Oh! yes – we have been

는 형태, 글쓰기의 장르에 대해 남다른 애정과 프라이드를 내보이기도 했다.

'소설에는 인간 정신의 가장 위대한 힘이 표현된다. 인간 본성에 대한 가장 완벽한 지식, 인간 본성의 다양한 모습에 대한 가장 행복한 묘사, 재치와 유머의 가장 활력있는 토로가 최고로 정제된 언어로 세상에 전달되는 것이다.'

그런 오스틴의 이야기를 두고 더러는 '시대상이 반영되지 않은 통속소설'이나 '나이 들고 결혼 못 한 노처녀가 남긴 문학적인 넋두리'쯤으로 치부하는 사람도 있는 것 같지만, 나는 죽을 때까지 결혼 한 번 못했던 제인 오스틴이 역사상 가장 로맨틱한 작가였다는 점, 문학을 문학답게 만드는 바로 그 지점에 있어 가슴에 손을 올려놓는다. 글을 쓴다는 게 얼마나 멋진 일인지, 그녀는 알고 있었다.

지극히 경제적인 이유로 좌절된 첫 결혼.
지극히 감정적인 이유로 포기한 마지막 결혼.

그저 기록으로 남겼다면 좀 희한하지만 대단할 것 없는 케이스였을 것을, 그녀는 자신만의 독특한 관점과 문학적인 재치로 다듬어 몇 편의 위대한 소설로 남겼다.

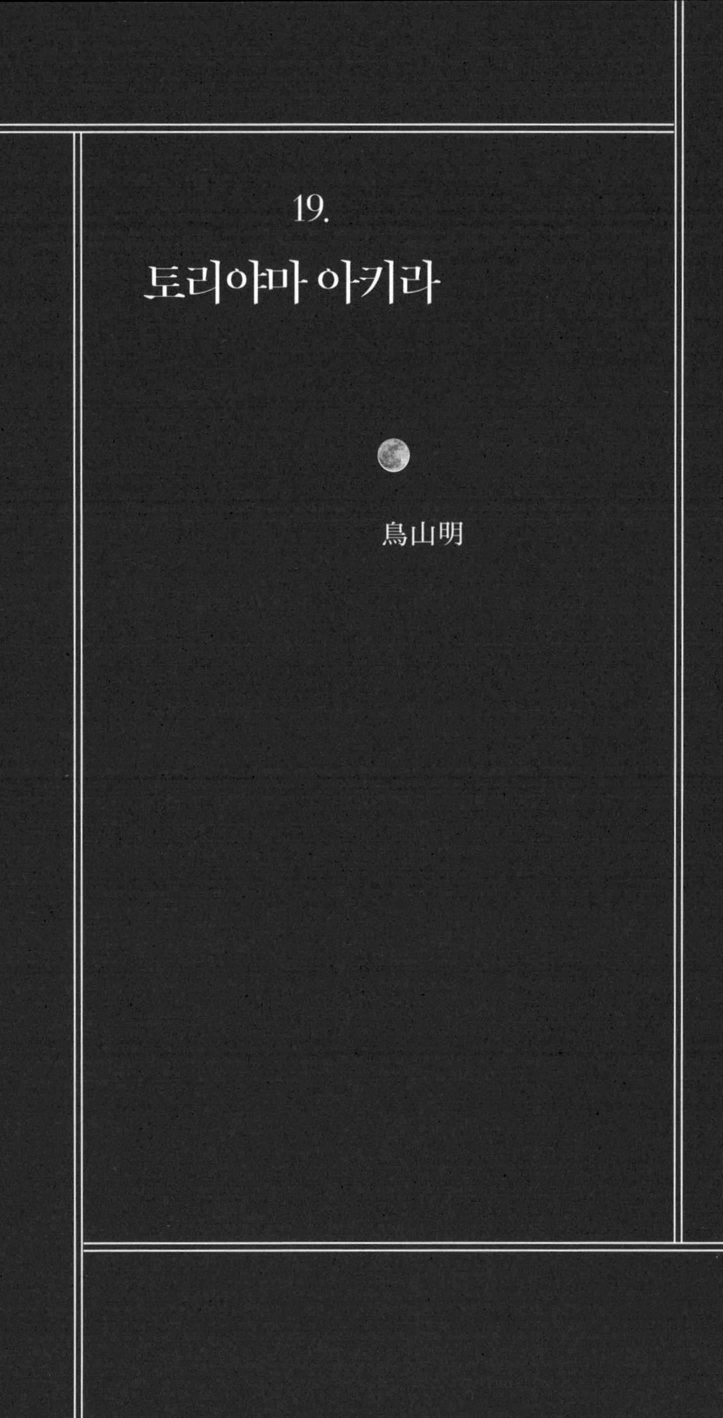

19.

토리야마 아키라

鳥山明

22
by Akira Toriyama

ㅇ

좋아하는 일을 운명으로 탈바꿈한 천재성

구독 경제와 함께 OTT 서비스들이 쏟아져나오는 이 시대에, 동네마다 만화방이나 비디오 대여점이 있던 시절을 언급하는 것은 따분할 정도로 구식이다. 나는 내가 살아가는 시대와 발맞추면서… 힙한 동시에 트렌디한 글쓰기를 지향하는 작가이기 때문에 (큰 웃음), 그런 판에 박힌 인트로를 첫 문장으로 쓰진 않을 것이다. 그렇지만 만화방에서 빌려 읽었던 수많은 만화책들, 그중에서도 토리야마 아키라 – 일명 '도산명' – 의 《드래곤볼》은 나의 유년기 정서 형성에 지대한 영향을 끼쳤음을 부정할 수 없다.

콘텐츠에 한해 나는 강박적일 만큼 새로운 것에 집착하는 편이다. 그래서 영화, 만화, 드라마와 소설, 어떤 형태의 매체가 됐든 간에, 그 전체적인 이야기의 흐름이나 전개와 결말을 한 번 파악하고 나면 다른 콘텐츠로 휙 넘어가는 데 능숙하다. 《해리포터》나 《왕좌의 게임》 같은 유명 시리즈를 두고 '안 본 사람의 뇌를 사고 싶다' 하는 농담도 있지만, 나로서 크게 공감 가는 얘기는 아니다. '기억을 지우거나 다른 사람의 뇌로 갈아끼운 뒤 다시 본다고 해서 똑같은 감흥을 느낄 수 있는지'에 대해서도 회의적이다. 세상에는 제각기의 방식으로 흥미롭고 재미있는 콘텐츠가 많이 있다. 또 하나의 훌륭한 콘텐츠를 소비해버렸다… 그런 아쉬움을 이해하지 못하는 바는 아니지만, 나는 또 다른 명작을 찾아 나가는 즐거움이 빈자리를 메워주리라 여기는 타입 같다.

그렇지만 매우 드물게 - 그냥 '몇 번을 다시 봐도 재미있는' 수준이 아니라 - 보면 볼수록 더 깊이 빠져드는 작품들이 있다. 장르 불문 누구나 그런 시리즈가 한두 개씩은 있을 거라 생각하지만, 내게 있어 《드래곤볼》이 가지는 의미만큼은 그보다 맹목적이다. 완결까지 십수 번 반복해서 읽었으면서도 애니메이션 비디오를 모두 빌려봤고, 단지 드래곤볼 더빙판을 방영한다는 이유 때문에 '투니버스'가 나오는 케이블 TV를 신청해달라고 떼를 썼다가 먼지 나게 처맞은 적도 있었다. 똑같은 만화를 수십 번이나 빌려다 보니, 나중에는 만화방 아저씨가 "또 너냐…. 돈 안 내도 되니까 갖고 가지 말고 여기서 읽다 가라"고까지 말했다-진짜 그렇게 했다-. 완결까지 마흔두 권인 드래곤볼을 그때그때 보고 싶은 권수만 서너 개씩 골라-17권, 24권, 36권, 39권 같은 식으로-빌리곤 했기 때문에, 동네의 다른 사람들이 《드래곤볼》을 쭉 독파하는데 애로사항이 생긴다는 이유에서였다. 그 때 같은 동네에 살던 사람들, 특히 나와 같은《드래곤볼》 팬들에게는 의도찮게 민폐를 끼쳐 미안한 마음이다.

물론 《드래곤볼》에 대한 팬심은 지금도 크게 변함이 없다. 아다치 미츠루의 《터치》와 함께 전권을 소장하고 있는, 단 둘뿐인 만화 작품이기도 하다. 멍하니 누워 있다가 갑자기, 그야말로 번쩍하고, 어디가 가려운 사람처럼 팍 꺼내서 와구와구 읽다 보면 시간이 훌쩍 지나가 있다. 이걸 병이라고까지는 할 수 없겠지만 간헐적 폭식증이나 알레르기 반응같이 일시적이고 강렬한 갈증을 느낄 때가 있다. 《드래곤볼》, 그리고 토리야마 아키라가 선사하는 희극적 세계에 대해서 나는 유독 그렇다.

뒤늦게 생각해보면 왜 그렇게나 한 만화에 깊이 꽂혀 있었는지, 나 스스로도 이해가 안 갈 지경이다. 복습이다 정주행이다 해서 봤던 걸 또 보는 경우가 없지는 않지만, 그 어떤 것도 드래곤볼에 비할 만큼 닳도록 보지는 않았다. 하지만 엄밀하게 보면, 《드래곤볼》은 일본이나 한국뿐 아니라 세계적으로 유명한 초히트작이다. 동나이대 남자라면 《드래곤볼》 같은 만화를 싫어하는 사람을 찾기가 훨씬 어렵지 않을까. 《드래곤볼》에는 소년 만화가 지닐 수 있는 모든 장점이 망라돼 있다. 단순하지만 매력적인 주인공, 의문에 싸인 출생과 불우했던 유년 시절, 일생일대의 스승을 만나 수련을 거듭하고 성장하는 과정, 우연한 마주침으로부터 꼬리에 꼬리를 밟고 이어지는 서스펜스, 남자의 로망을 충동질하는 각성과 필살기, 카타르시스…. 하지만 나는 그저 그런 이유만으로 《드래곤볼》과 토리야마를 사랑했던 건 아니다. 나는 《닥터 슬럼프》를 좋아했던 것과 똑같은 이유로 그의 모든 만화를 좋아했으며, 거기에는 '소년적'이거나 '유아적'인 욕망을 충족시키는 것 이상의 본질적인 사유가 있었다. 나는 아주 오랫동안 – 내가 무엇을 좋아하는지 생각할 때마다 틈틈이 – 그 정체에 대해서 고민했다.

엄밀히 따지면 나는 '《드래곤볼》 이후'의 세대다. 《드래곤볼》은 지금으로부터 거의 사십 년 전인 1985년에 연재를 시작해 1995년에 완결됐다. 1994년에 태어난 나는 초등학교에 입학하고 나서야 처음으로 그의 작품을 접했다. 따라서 《드래곤볼》은 그때로 따져도 완결된 지 칠팔 년쯤 지난 구작이었다. 《원피스》, 《블리치》와 함께 〈소년점프〉 삼대장이라 불렸던 《나루토》 본편이 팔 년 전에 완결이 났음을 생각해보면, 당시의 내가 《드래곤볼》을 읽었던 것은 2015년에 태어난 초딩이 2022년에 《나루토》의 '중급 닌자 시험 편'을 보고 있는 것과 비슷한 느낌이라 할 수 있겠다. 《하이큐》나 《귀멸의 칼날》 같은 동시대 히트작들이 즐비한 가운데 반에서 저 혼자 그림자 분신술 놀이를 하며 놀고 있을 걸 상상해보면 조금 안쓰럽기까지 하다. 심지어 나는 《원피스》는 알고 《드래곤볼》은 모르는, '만화는 아무튼 《원피스》가 최고야' 라고 주장하는 또래 아이들에게 은밀한 반감까지 갖고 있었다.

물론 오다 에이이치로-알다시피, 《원피스》의 작가-의 경우 《드래곤볼》은 물론 대선배인 토리야마 아키라를 존경하는 것으로 알려져 있다. 다만 두 사람은 똑같이

JUMP COMICS
Dr.SLUMP

〈소년점프〉의 간판 만화를 연재했기 때문에, 만화의 스타일이나 판매 부수, 해당 업계에서의 업적 등등에서 심심찮게 비교되곤 하는데. 솔직히 이런 비교는 불합리할 뿐 아니라 다소 부적절하다고까지 생각한다. 어느 쪽이 더 위대하다고 할 것도 없는 것이, 두 작품은 똑같이 소년 만화로 분류될 뿐 장르가 다르기 때문이다. 《원피스》가 대하드라마라면 《드래곤볼》은 스페이스오페라다. 이건 〈해리포터〉와 〈스타워즈〉를 비교하는 느낌이라고 할까. 세계적으로 엄청난 인기를 자랑하는 프렌차이즈라는 점에서나 같지, 작품 전반에 깔린 메시지나 전개 방식, 세계관의 분위기 등에선 궤도가 완전히 다른 것이다.

나는 앞 단에서 토리야마 아키라의 세계관을 '희극적'이라고 언급했다. 무의식중에 튀어나온 표현 중에는 가끔 이렇게, 달리 더 잘 설명할 수 없을 것 같이 맞아떨어지는 것들이 있는데…. 지금 보니 확실히 그의 세계는 희극적이다. 출세작인 《닥터 슬럼프》에서 심지어 게임인 '드래곤퀘스트'까지. 토리야마 아키라가 관련된 곳에는 언제나 그런 분위기가 있다. 《원피스》의 '천룡인'이나 《강철의 연금술사》의 '수인 키메라' 에피소드같이 – 도저히 위트나 유머를 발휘할 틈이 보이지 않는 – 빽빽한 비극이 없다. 오히려 상황 자체는 더 나빠질 수 없을 만큼 최악으로 치닫고 독자의 긴장감이 극에 다다른 상태에서조차 '만화로서의 정체성'을 악착같이 유지한다. 그의 세계관에서는 죽어봤자 머리에 링이 하나 생길 뿐이고, 지구는 물론 온 우주의 명운이 걸린 상황에서도 태연하게 농담을 주고받는다. '응~ 계속 죽여봐~ 드래곤볼로 살리면 그만이야~' 같은 느낌도 없잖아 있지만. 그보다는 '이제 진짜 좆되긴 했는데, 어쩔 수 없잖아?'라는 뉘앙스라 할까.

희극적인 건 그의 세계관만이 아니다. 토리야마 아키라의 일화들을 짚다 보면 작업 방식이나 동기에 있어서도 '이건 확실히 토리야마답다'라는 인상이 있는데 – 개중에는 출처나 진위가 불분명한 이야기도 있겠지만 – 가령 초사이어인을 디자인한 것이 '머리를 까맣게 칠하는 게 귀찮아서'였다거나, 원래는 '프리저 편'까지 연재하고 끝내려던 것을 억지로 늘리고 늘려 연재했다든가, 인터뷰 질문에서 '어, 그런 캐릭터가 나왔었나?' 같은 반응을 보여준다거나… '이게 진짜 천재인가? 좀 성의가 없는 거 아닌지?' 싶다가도, 어느 시점부터는 무리 없이 수용돼버리는 마력이 있다. 한마디로, 《드래곤볼》이 독자들에게 선사하는 희극성이란 대중이 걸핏하면 '위대한 창작물'에 요구하는 개연성을 초월해 있다. 천진반의 눈은 왜 세 개인가? 한 번은 피콜로가 저 혼자 살겠다고 달을 파괴해버렸는데, 그렇게 해도 지구에는 아무런 영향이 없는 것인가? 글쎄, 그런 건 토리야마 아키라도 잘 모를 것이다. 그냥 그리 생겨먹은 세계인 걸 나보고 어쩌라고… '그나저나 당장에 우주가 망하게 생겼는데 그런 거나 신경 쓰고 있을래? 아니면 비장의 파워업 카드가 뭔지 볼래?' 답은 일찌감치 정해져 있다.

그의 세계는 너무 잘 만들어진 롤러코스터 같아서, 일단 올라타고 나면 '왜 하필 이쪽으로 이런 길을 내서 간담?' 하는 의문이 들지 않는다. 탑승자는 '으악! 안 돼!!!' 아니면 '오 좋아! 이대로 가자~!'라는 두 가지 감정 사이에서 오락가락할 뿐이지만, 그 단순한 이진법만으로도 모든 이야기를 긴장감 있게 프로그래밍해내는 것을 보자면 절로 감탄하게 된다. 비록 그에겐 《원피스》 같은, 오다처럼 조리 있게 구성된 체계는 존재하지 않지만, 나아가 '내가 그린 만화로 사람들에게 큰 울림을 전해주겠다'라는, 평면적인 세계를 초월하여 현실의 만화적인 반영을 구현하겠다는 의지 비스무리한 것도 느껴지지 않지만–오히려 그런 건 귀찮아하는 것 같기도 하다–사실은 그런 면이 토리야마다운 것이다. 화산 폭발과 오로라 같은 자연경관을 볼 때나 느낄 법한 전율이 있다. 지극히 자연적인 것인 동시에 초자연적인 것. 터무니없는 허구인 와중에 진실되게 체험하는 것. '셀 게임'처럼 이상야릇한 상황에서마저 머리를 저릿하게 만드는 것. 속 터지게 나약하고 답답했던 과정이, 최고로 강인한 결과로 연결되는 비약. 바로 그 마술적인 경험으로부터.

토리야마 아키라에 관해 쓰기로 해놓고 《드래곤볼》 얘기만 잔뜩 해댄 것 같아 약간 쑥스럽다. 그렇지만 《드래곤볼》이라는 작품을 빼놓고 그에 관해 논한다는 것도 난센스고, 장편만화를 연달아 많이 내놓은 유형도 아니었으니까. 대충 이해해주길 바란다. 지금까지 이야기한 것으로도 알 수 있겠지만, 토리야마는 프로다운 자세나 장인 정신으로 무장한 부류는 아니다. 끊임없이 자기 자신을 갈고닦고 채찍질하는 타입도 아닌 것 같고…. 이건 어디까지나 내 추측이지만… 가장 좋아하는 일을 운명으로 탈바꿈하는, 거창한 직업적 소명을 품지 않아도 천부적인 재능을 발휘할 수 있는 부류가 아니었을까. 동시에 내게도 재능이란 게 있다면 되도록 그런 결이기를 희망하는 바다. 뭐든지 그저 비극이기만 해서야, 보는 사람은 몰라도 당사자에겐 스트레스가 아닌가. 만약 그렇더라도 별수는 없겠지만.

이건 방금 생각난 건데, 대단원의 막을 앞두고 있던 극 후반에서 – 트랭크스와 오천이 퓨전 연습을 하던 장면으로 기억한다 – 대놓고 같은 그림을 복붙해놓고선 '편집장님, 이 장면은 원고료 안 받겠습니다. 정말입니다…'라고 구석에 써놓은 컷을 참 좋아했었다. 뭐 그렇다는 얘기다.

사실은 그런 면이 토리야마다운 것이다. 지극히 자연적인 것인 동시에 초자연적인 것. 터무니없는 허구인 와중에 진실되게 체험하는 것. 속 터지게 나약하고 답답했던 과정이, 최고로 강인한 결과로 연결되는 비약. 바로 그 마술적인 경험으로부터.

20.

프리다 칼로

Frida Kahlo

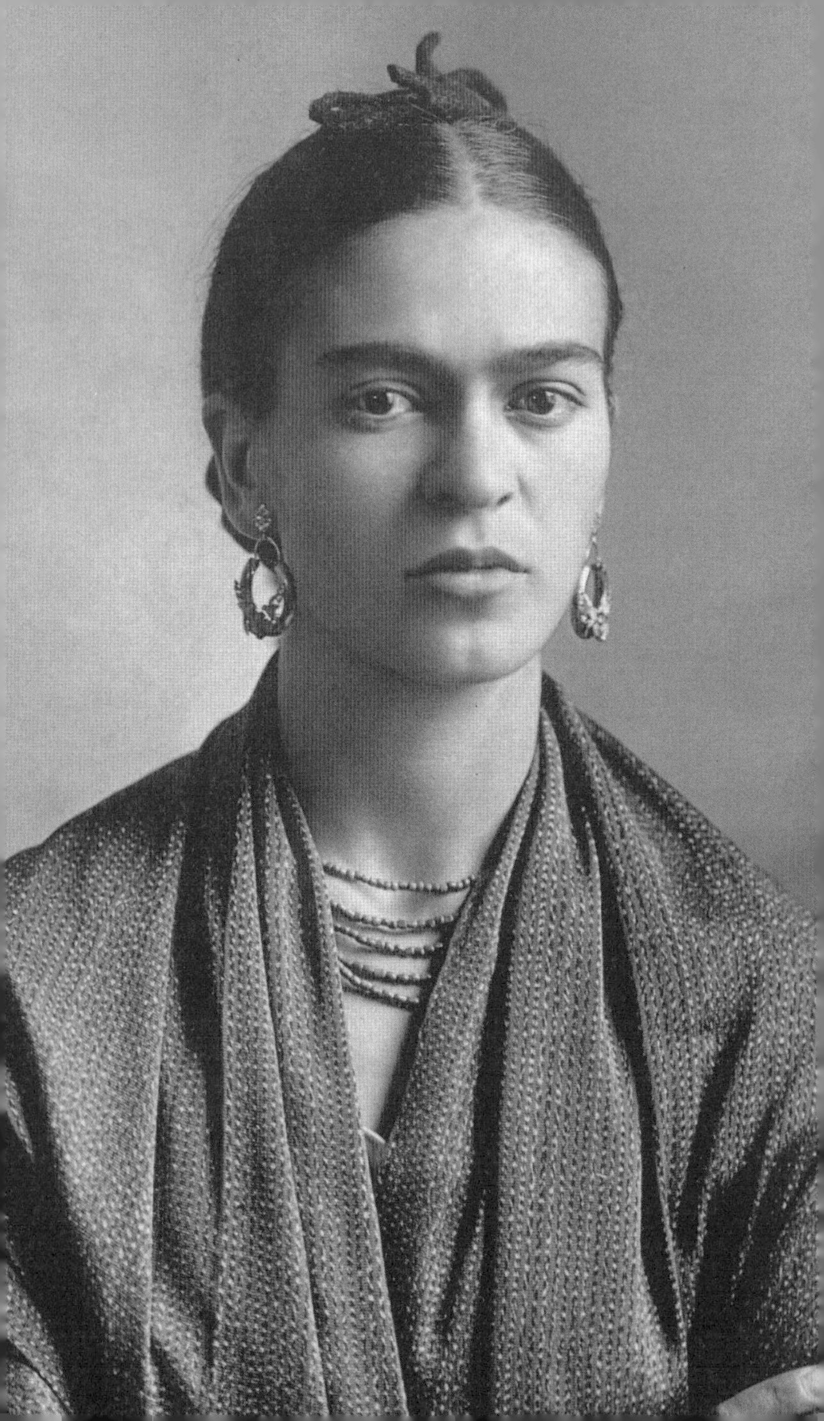

°

오래 살고 보면, 정말 그런 날이 올지도 모른다

한 폭의 수박 그림이 있다. 파란 하늘을 배경으로 각양각색의 수박 몇 통이 오묘한 균형을 이루고 있는 모습. 이 중에 단연 눈에 띄는 것은 중앙 하단에 보란 듯이 새겨진 문자다. 물기를 머금은 수박의 속살에, 화가는 조각칼로 파놓은 것처럼 작품의 이름과 서명을 남겨놓았다. 'Viva la Vida'는 스페인어다. Viva가 '만세'이고 La는 관사이며 Vida는 인생의 여성형 명사이므로, 직역하자면 '인생 만세'쯤 되는 말이다. 다만 스페인어에서 Viva는 누군가를 칭찬할 때 쓰이는 표현이고, 그런 뉘앙스로 따져보자면 '오래오래 사세요'가 적당한 번역이라고 한다. 여기까지만 보면 무슨 대책 없는 낙관주의자가 그린 그림일까 싶다. 얼마나 속 편한 인생을 살았기에 그림에서까지 그런 말을 써놓는단 말인가? 아이러니한 사실은 이 그림을 완성할 당시의 화가가 육체적, 정신적 고통의 극한에 다다른 상태였다는 것이다. 1954년, 이 그림을 완성한 바로 그 해에, 프리다 칼로는 폐병으로 사경을 헤매다 고통스럽게 죽었다. 영국의 밴드 콜드플레이는 이 의미심장한 일화에 영감을 받아 'Viva la Vida'라는 명곡을 탄생시킨 것으로 알려져 있다.

프리다 칼로의 일생은 끊임없는 투쟁으로 점철돼 있었다. 차라리 낙관주의의 반의어라고 해도 좋을 것이다. 멕시코에서 유대인 혼혈아로 태어난 칼로는 여섯 살에 척추성 소아마비를 앓았고, 발을 전다는 이유로 또래 아이들에게 따돌림을 당했다. 병 때문에 늦게 들어간 학교에서도 적응하지 못했다. 퇴학당해 옮겨간 학교에서는 성추행을 당했다. 열여덟 살 때는 심각한 버스 교통사고를 겪었다. 이 사고로 동승객 몇 명은 그 자리에서 즉사했지만-정말 불행하게도-프리다 칼로는 살아남았다. 철제 난간에 골반이 관통된 상태로. 골반과 척추 세 곳이 부러졌으며 오른쪽 다리는 열한 군데에 걸쳐 골절상을 입었다. 쇄골과 어깨도 망가졌다. 이로써 의사가 되고 싶었던 칼로의 꿈은 끝장났다. 남은 것은 평생 그녀를 괴롭힐 하반신 장애밖에 없어 보였다.

그러나 결과적으로 그녀는 예술가로서의 커리어를 쌓기 시작해 자신만의 세계관을 갖춘 화가로 성장했으며, 당대 초현실주의를 이끌던 거장 중 한 명이었던 디에고 리베라–이미 두 명의 아내와 애가 딸린 유부남이었다–와 사귀며 본격적으로 이름을 알리기 시작한다. 이 두 사람은 스무 살의 나이 차이에도 불구하고 결혼에 골인했으며, 무수히 많은 가십거리와 사건에도 불구하고 서로를 진심으로 아끼고 사랑한 것으로 보인다.

다만 이 결혼은 칼로가 1980년대 반제국주의와 여성주의의 상징으로 떠오르기 시작했을 때, '예술가로서의 칼로'가 평가절하 되는 데 지대한 역할을 했다. 이를테면 '칼로는 남편인 리베라 덕분에 유명세를 탄 평범한 여성 화가일 뿐이다' '그녀에게는 당시 초현실주의를 이끌던 위대한 화가들 사이에 낄만한 자격이 없었다'라는 식으로. 프리다 칼로라는 인물이 디에고 리베라에게 예술적 영감을 주는 여성, 즉 뮤즈 중 한 사람이었을 뿐이라는 주장도 나왔다. 막말로 리베라와의 관계가 없었다면, 칼로라는 인물이 이렇게 널리 알려질 일이 있었겠느냐? 하는 식이다.

Frida Kahlo.44.

그야 당연히 그러지 못했을 것이다. 칼로의 재능이 아무리 출중했던들, 당대 예술계에서 한 가닥하던 리베라의 덕을 전혀 보지 않았다고 말하는 것은 거짓말이다. 그렇지만 칼로는 남편이었던 그 리베라는 물론, 나중에는 피카소와 칸딘스키 같은 거장들에게도 인정받을 만큼 실력 있는 화가로서 훌륭한 작품들을 남겼다. 그런 그녀를 잘나가는 록스타의 '금발 미녀 애인' 격으로 치부해버린다면, 아무래도 '페미니즘의 상징'이라는 점에 경기를 일으키는 것으로밖에 해석되지 못할 것이다. 칼로가 그저 여성으로서의 매력으로만 리베라를 홀렸다? 그런 말을 진심으로 할 수 있는가? 왜소한 체구에 일자 눈썹, 하반신 장애까지 있는 여자를?

칼로는 남편인 리베라로부터 예술적으로 해석될 기회를 얻었다…. 그게 뭐 어떻단 말인가? 세상에 유명한 예술가 중에 남의 덕 한 번 안 보고, 은사 한 명 없이 위대해진 사람이 어디 있다고. 고흐는 동생이 부쳐준 생활비로 물감을 샀고, 사후에 저명한 비평가를 통해 재평가되며 대중에게 알려졌다. 퍼시 셸리는 바이런과의 친교로 커리어를 완성해나갔고, 그 자신은 아내였던 메리 셸리가 첫 소설을 쓰고 펴내는 데 도움을 줬다. 그렇게 완성한 《프랑켄슈타인》은 사실상 세계 최초의 SF 소설로 평가받는다. 이런 사실조차 탐탁지 않고, 그 이면에 어떤 여성성의 유용이 있었으리라고 여겨진다면… 까놓고 인정하는 쪽이 나을지 모른다. '난 여자들에게는 진정한 예술적 재능이라는 게 존재하지 않는다고 생각해. 모든 위대한 예술은 남자들에게서 나오는 것이고, 여자들은 잘해야 그런 남자들에게 영감을 주는 역할밖에 할 수 없어'라고 말이다. 차라리 그러면 알아듣기라도 편하지 않은가. '전 사실 예술이라는 거에 별 관심이 없어요'라는 뜻이니까. 그때부터 나는 문학이나 그림 얘기를 꺼내지 않을 것이다. 그런 사람을 위해 보다 나은 대화 주제를 꺼낼 수도 있을 것이다. 가령 역사라든가.

나는 위대한 예술이라는 것이 그 자체만으로 성립할 수는 없으며, 그 특별함을 알아보고 응원해주는 타인들과 함께 완성해가는 것이라 생각한다. 피카소와 헤밍웨이의 성공 이면에는 거트루드 스타인의 지지와 후원이 있었다. 세잔과 르누아르 그리고 고갱 같은 인상파 화가들이 작품활동을 이어가는 데에도 화상 볼라르의 역할이 큰 몫을 했다. 칼로와 리베라는 서로의 뮤즈이자 예술적 지지자였다. 어린 시절 수많은 불행을 경험했던 칼로에게, 리베라와의 만남으로 예술적 재능을 인정받을 기회를 얻은 것은 그녀 인생에 주어진 몇 안 되는 행운이었을지 모른다. 또 그 행운 때문에 칼로의 그림이 폄하된다는 점은 불행하지만, 인생에는 언제나 그렇듯 양면적인 사건들이 일어나곤 한다. 프리다 칼로의 삶과 죽음이, 고통과 기쁨이, 행복과 불행이 비현실적인 형태로 맞붙어 있는 것처럼. 그녀 말대로 '오래오래 살고 볼 일'이다.

칼로와 리베라는 서로의 뮤즈이자 예술적 지지자였다. 어린 시절 수많은 불행을 경험했던 칼로에게, 리베라와의 만남으로 예술적 재능을 인정받을 기회를 얻은 것은 그녀 인생에 주어진 몇 안 되는 행운이었을지 모른다.

21.

에밀 졸라

Emile Zola

°

가장 순수한 의미에서의 용기, 혹은 고결함

질문 하나. 당신은 문학 역사상 가장 불효자인 작가를 한 명을 꼽으라면 누가 생각나는가? 나는 헤밍웨이다. 그는 사석에서 어머니를 '그년'이라고 칭할 만큼 혐오했다고 한다. 정확한 이유는 알 수 없지만, 워낙 마초적이고 남성적인 이미지의 작가이니 그러려니 싶기도 하다. 혹시라도, '에밀 졸라'라고 생각했다면 부디 가슴 속으로부터 깊이 반성하길 바란다. 그런 종류의 언어유희는 유행이 지난 지 너무 오래다. '낚시왕 다나까'나 '목사왕 마틴 루터 킹'만큼이나 낡아빠졌다. 더군다나 그런 말은 에밀 졸라처럼 용기 있는 대문호에게는 매우 실례이다. 실제로 졸라는 마흔 살에 어머니가 돌아가실 때까지 곁에 있었을 정도로 불효와는 거리가 먼 인물이었다.

그러나 한국에서 에밀 졸라의 인지도는 처참한 수준

이다. 어떤 나라의 어느 시대 사람인지는커녕 당장 그의 대표작도 모르는 사람이 많을 것이다. 심지어 내가 아는 사람 중에는 오스트리아의 화가인 에곤 쉴레와 혼동하는 멍청한 인간도 있었다. 누구냐고? 다름 아닌 나였다. '에'로 시작한다는 것 말고는 비슷한 게 거의 없지 않나? 매번 이상하게 헷갈려버려서, 남모를 수치심에 고통받은 적도 있었다. 두 사람을 동일인으로 착각한 나머지 '이 사람도 윌리엄 블레이크처럼 글과 그림 모두 훌륭한 만능캐였구나' 하고 감탄한 적도 있다. 그러나 믿어주길 바란다. 교양의 발달은 대부분 수치심에서 기인한다. 다행히 그의 작품을 직접 접한 뒤로는 혼동하는 일이 없어졌지만…. 지금은 에밀 졸라가 고르곤졸라 피자를 발명한 졸라 가문의 방계 후손이라는 농담 정도나 가끔 한다. 여기에 졸라Zola가 '소나 양의 젖에서 나온 것'을 의미하는 고대 그리스어 'Jola'에서 유래했다는 식의 디테일만 조금 섞어주면 대부분은 깜빡 속는다. 나도 이게 악취미인 건 아는데, 도저히 멈출 수가 없다.

잡설이 길었다. 내가 이야기하고 싶은 건, 비록 한국에서는 '이런 시시한 농담이 심심찮게 통할 만큼' 애매한 위치에 있지만, 그는 살아 있을 당시에도 전 유럽에서 수백만 부의 판매고를 올렸을 만큼 잘나가는 베스트셀러 작가였다는 점이다. 한국어로 번역된 졸라의 작품으로는 《인간 짐승》, 《돈》 같은 작품들 – 번역이 잘 된 건지는 모르겠다. 나는 불어를 전혀 모르기 때문에 – 이 있다. 또 산업혁명 시기 프랑스 광산 노동자들의 애환을 다룬 고전 영화 〈제르미날〉의 원작도 에밀 졸라의 것이다. 그렇지만 졸라가 이룩한 사실주의, 자연주의 문학의 성취나 업적은 이쯤에서 그만 언급하겠다. 사실 나도 졸라의 작품을 그리 많이 읽었다고 할 수는 없는 편이어서, 그의 문학이 어떻고 어떻더라 할 입장이 못되기 때문이다. 대신 난 무엇보다도 그의 용기, 작가를 넘어 한 인간으로서 발휘한 고결함에 관해 이야기하고 싶다. 역사 속 대문호들을 '디지몬 어드벤처' 속 세계로 보내 선택받은 아이로 만든다면, 졸라는 그중에서도 '용기의 문장'을 받을 자격이 충분하니까.

일반적으로 반유대인 정서라고 하면 가장 먼저 나치 독일과 아우슈비츠를 떠올리기 마련이다. 그러나 《베니스의 상인》에 등장하는 샤일록 역시 '영국인'인 셰익스피어가 묘사했음을 상기해보면, 비록 나치처럼 극단적인 방식은 아니었을지언정 유대인에 대한 차별이나 편견 자체는 전 유럽에 공공연하게 퍼져있었던 것처럼 보인다. 18, 19세기 서양문학에서, 주인공을 파국의 구렁텅이로 처넣는 유대인 수전노는 흔하다 못해서 필수 요소라고 해도 과언이 아니다.

사실 어느 나라를 가든 사금융이라는 건 경제적으로 궁지에 몰린 서민들, 빈곤층을 대상으로 하는 사업이다. 근데 유대인은 역사적으로 고리대금업과 떼려야 뗄 수 없는 사이였으니, 대다수 국민에게 좋게 보일 수가 없었을 것이다. 모국 없이 떠돌아다니는 유대인의 입장에서야 그렇게 밉상처럼 굴면서도 아득바득 버티는 것만이 유일한 생존 전략이었겠지만 말이다. 그렇게 퇴적되고 압축된 반유대주의가 나치즘이라는 형태로 폭발하고, 2차대전 이후 '와, 이건 좀 심했다' 싶어 인류가 자성의 목소리를 높인지도 불과 백 년이 지나지 않았다. 그럼에도 불구하고 현대인들은 그런 반지성적 민족주의나 인종차별로부터 거의 완전히 벗어났다고 착각하는 습성이 있는 것 같다.

19세기 말엽의 일이다. 유대계 프랑스 장교였던 드레

퓌스는 간첩 누명을 쓰고, 선동당한 대중에게 강도 높은 지탄과 살해 협박을 받고, 급기야 조작된 증거로 무기징역을 선고받아 외딴 섬으로 유배를 떠났다. 사실만 놓고 보면 세상에 뭐 이런 일이 있나 싶지만, 당대 프랑스 국민의 정서는 전혀 그렇지 않았다. 프랑스는 수년 전 비스마르크가 이끄는 프로이센에 처발리면서 파리를 점령당했기 때문이다. 거액의 전쟁배상금을 물게 되면서 민족의 자존심이 짓밟혔다. 나폴레옹 시절 전 유럽을 호령하던 프랑스가 어쩌다 이렇게 됐지? 분명 내부에 적이 있는 거다, 그렇지 않은 이상 독일놈들 따위에게 우리가 질 리 없다, 이건 뭔가 잘못된 거다…. 그러던 어느 날 신문 일 면에 떡 하니 '유대인 혈통의 장교' 드레퓌스가 '간첩 혐의'로 붙잡혔다는 내용이 보도된다. 또 얼마 뒤에는 법원에서 유죄판결까지 받는데, 본인은 반성의 기미도 없이 끝까지 결백을 주장한다니, 괘씸해도 이렇게 괘씸할 수가 없다. 그런 상황에서 졸라는 신문 일 면에 〈나는 고발한다…!〉라는 제목의 글을 기고하며 위선적인 국민정서와 부패한 정부 모두에게 정면으로 맞선 것이다. 그 당시 졸라의 행동을 내 악취미적인 상상력으로 비유해 보자면 이렇다.

중국은 지난 몇 년 동안 한국인이 가장 싫어하는 나라로 급부상했다. 새삼스럽지만, 이건 곱씹을수록 대단한 사실이다. 나는 학창시절까지만 해도 한국이 어떤 국가를 일본보다 더 혐오할 수 있으리라고는 상상도 못 했다. 이제는 중국과 관련된 기사가 나오는 것만으로도 '기자가 짱깨냐' 같은 코멘트가 달리고, '중국인은 인간의 모습을 한 바퀴벌레'라고 써놓은 댓글이 수백 개의 '좋아요'를 받고 순위가 올라간다. 이런 반중 정서의 형성에는 여러 원인이 있을 것이다. '중국몽'으로 대표되는 노골적 친중정책, 나날이 늘어가는 중국계 외노자와 자본 의존도, 무례한 중국인 관광객, 기타 내가 알 수 없는 이런저런 이유가 있겠지만, 어쨌거나 여기서 중요한 건 한국인이 중국인을 별로 안 좋아한다는 것이다.

자, 이런 시기에 여대생 한 명이 실종되고, 며칠이 지나서 변사체로 발견됐다 치자. 타살의 흔적은 없지만, 옷이 마구 뜯긴 걸 보아 누군가 강간을 시도한 것이 의심되는 상황. 지지부진한 경찰 수사에 대해 규탄하는 목소리가 높아질 무렵 익명의 신고로 용의자 한 명이 체포되었는데, 그건 다름 아닌 같은 대학에 다니던 중국계 유학생이었다. 분노와 슬픔으로 격앙된 유족들의 인터뷰, 용의자에 관해 그럴듯한 의혹을 제기하는 보도 프로그램과 유튜브 채널들…. 변호인 측은 '피의자가 일관되게 범행을 부인하고 있고, 사건 발생 당시 현장 근처에 있지도 않았다. 유죄로 단정 지을 만한 근거도 없는 데다가 실족사일 가능성도 배제할 수 없다'고 주장하지만, '대체 얼마를 받았길래 저런 쓰레기를 변호하냐'는 몰매를 맞고 신상까지 털린다. 증거불충분으로 무죄를 선고한 1심 재판부 역시 신상이 털리고, 청와대 홈페이지에는 피의자를 제대로 조사한 뒤 국외로 추방하라는 국민청원이 올라와 수십만 명의 서명을 받는다….

이런 상황에서 내가 졸라 같은 입지의 유명 작가였다면, 요컨대 국민적인 인기와 존경을 독차지하고 있는, 일본으로 치면 무라카미 하루키쯤 되는 레벨의 작가였다면, 과연 말할 수 있었을까? "야, 이 병신들아. 너희는 그냥 쟤가 중국인이라서 존나 싫어하는 거잖아. 마음에 안 든다고 제대로 된 절차도 증거도 없이 사람을 잡아 처넣어도 되는 거냐. 이게 문명국가의 문명인들이 할 소리냐" 공개적으로 일갈할 수 있을 것인가? 알량한 정의감과 사명감

으로, 횃김에 휘갈긴 글 밑으로 얼마나 날 선 비난이 뒤따를지 머릿속에 그려본다. '와, 이 새끼 그렇게 안 봤는데 짱깨 편을 드네? 너 부모님 중국인이냐?', '문학계의 ^오^수자 감성 잘 봤습니다ㅎㅎ 왜 노벨문학상 한 번을 못 받는지 잘 알 것 같네요!', '요즘 책이 안 팔려서 돈이 궁한가 보네. 중국인들한테 책 팔려고 발악하는 거 너무 짠하고~'…. 나는 할 수 없다. 도저히 그렇게는 할 수 없다.

졸라는 했다. 이런 가공의 상황보다도 더 심한 압박 속에서, 담대하게 할 말을 했다. 나는 이것이 '가장 순수한 의미에서의 용기'가 아닐까 생각한다. 번지점프대 위에서 '에라 모르겠다' 하고 뛰어드는, 자기 자신에 대한 도전이나 어떤 이해타산에 따른 결심도 아니다. 누가 봐도 불우해 보이는 대상에게 연민을 느꼈다고도 할 수 없다. 약자이고 박해받는 편이기에 그 대상이 옳다고 생각하는, 이른바 언더도그마와도 확연히 구분된다.

조심스레 추측해보건대, 당시의 그가 침묵한다고 해서 비난할 사람은 없었을 것 같다. 지금의 인플루언서처럼 '공인으로서의 책임' 등을 운운하는 사람도 있긴 했겠지만, 작가가 정치인도 아니고 졸라와 직접적인 관계가 있는 문제도 아니었으니까 말이다. 어쩌면 '그냥 그런 문제에 별 관심이 없나 보지 뭐' 하고 넘어갔을지도 모를 일이다. 뚜렷한 입장이 있다고 쳐도, 굳이 공적인 자리에서 표명하지 않는 것도 이해할 수 있다. 입장 바꿔 생각해보면 나 역시 왜 그렇게 해야 하는지 모르겠으니까. 내가 그 번거로운 일을 함으로써 '잃을 게 확실한 것'은 너무나도 많은데, '얻을 수 있을지도 모르는 것'은 눈에 보이지 않을 만큼 작고 하찮다. 그까짓 진실이야 시간이 지나다 보면 드러나게 될 것이고, 설령 그렇지 않다고 한들 세상에는 그런 일이 무수히 많다. 하다못해 후대에 따라올 평가나 존경을 희망했다고도 보기 힘들다. 졸라는 그 당시 프랑스 사회에서 충분한 부와 명예를 누렸다. 늙고 병들어 절반 정도 심심풀이로, 또 반쯤은 객기로 싸지르다시피 한 것도 아니다. 그렇게 보기에 졸라는 너무도 치열하고, 필사적인 태도로 싸우다 생을 마감했기 때문이다.

〈나는 고발한다…!〉가 실린 신문은 당일에만 수십만 부가 팔리며 사람들의 분노를 샀다. 프랑스 군부 및 예수회를 위시한 보수주의자들은 '드레퓌스도 죽이고 편을 든 졸라도 죽여야 한다'라고 주장했다. 실제로 졸라는 죽을 때까지 살해 협박은 물론, 집요한 경제적 보복으로 인해 집까지 경매에 넘어가고 만다. 심지어 명예훼손 소송에 휩쓸리며 영국으로 도망치듯 망명해야 했다. 뒤늦게 드레퓌스 사건의 재심이 결정, 무죄 사실이 드러났음에도 졸라의 입지는 회복되지 않았다. 결국 졸라는 1902년 어느 날, 집에서 피운 난로 가스에 중독돼 62세에 삶을 마감했다. 훗날 붙잡힌 암살자는 굴뚝 청소부로, '누군가의 지시로' 굴뚝을 막아놓았음을 자백했다. 졸라는 용기에 어떤 보답도 받지 못한 채로 죽었다. 프랑스 사회가 드레퓌스 사건을 되짚으며, 그의 초인적인 용기와 희생에 감사하게 된 것은 훗날의 일이다. 졸라의 묘지는 1908년 팡테옹으로 이장됐다. 프랑스의 국립묘지인 팡테옹의 입구에는 이렇게 적혀 있다. '조국이 위대한 이들에게 사의를 표한다.'

수천수만 건의 인터넷 기사가 매일같이 쏟아져나온다. 그중에는 읽는 것만으로도 분노를 일으키는, 가슴이 아릴 만치 슬프고 잔인한 사건들도 있다. 무책임한 유치원 교사가 아이를 학대해 죽음에 이르게 했다거나, 생활

고에 시달리던 중년 남성이 일가족을 죽이고 자신도 자살하려다 붙잡혔다는 소식도 들린다. 그때 댓글 창을 지배하는 감정은 슬픔보다 분노에 한층 가깝다.

또 어떤 사람들은 사형을 너무 쉽게 이야기한다. 마치 자신은 도둑질이나 성폭행, 살인 같은 강력 범죄 따위 꿈에도 생각해본 적이 없는 선량한 사람이라는 듯이. 나는—자조적인 뉘앙스를 한 스푼 섞어서 말하자면—오륙 인치밖에 안 되는 화면에서 이미지 한 장을, 또 남이 쓴 글을 몇 줄 읽고서 '그런 자식은 당장에 죽여 마땅하다' 말하는 것이 그렇게 뻗댈 정도로 윤리적인 사상 같지는 않다. 하지만 동시에 그렇게 이중적인 것이, 노상 선량하다가 돌연 추악해지는 것 역시 인간의 한 모습이다.

마크 트웨인이 말했다. "나는 에밀 졸라에 대한 존경에 사무쳐 있다…. 군인이나 성직자 같은 위선자들, 아첨꾼들은 한 해에도 백만 명은 태어나지만, 잔 다르크나 졸라같은 인물은 다섯 세기에 한 명 나온다."

일본의 법정 드라마 '리갈 하이'—국내에서도 리메이크됐지만 그다지 좋은 평가를 받진 못한 것 같다—에는 누구나 인정하는 명장면이 하나 있다. 변호사가 마녀사냥이나 다름없는 재판정을 맹렬하게 비판하는 씬이다. 주인공 코미카도는 '거대하게 부풀어 올랐을 때의 민의'가 얼마나 사악할 수 있는지, 그들이 흙구덩이에 빠진 똥개에게 침을 뱉고 욕을 하는 것이 얼마나 쉬운 일인지를 역설한다. 명백하게 대중에 속하는 나를 비롯한 대부분에게는 실망스러운 결론일 것이다. 그건 다시 말하자면 이렇다. '어쨌든 인간의 본능이란 저열하고, 강자에게는 굴복하면서 약자에게는 잔혹해지는 것이 당연하다.' 이런 주장은 되도록 부정하고 싶은 게 솔직한 심정이다. 나도 그런 인간 중의 한 명이니까. 전혀 특별하지 않고, 고귀하지도 않으며, 사상도 신념도 희미하게만 존재할 따름이다. 비겁하고 기회주의적이면서, 그런 자신의 모습을 적당히 정당화할 논리를 만들어낸다. 나는 이런 내가 무섭다. 언제 어떤 잘못을 하고, 돌이킬 수 없는 실수를 할지 모른다는 공포에 시달린다. 그런 내게 졸라의 삶은 무한한 영감을…, 더불어 먼지보다 작은 희망을 불어넣는다. 수천만 분의 일, 분자보다 작을지 모를 용기의 씨앗에 물을 주게 만든다.

졸라의 초인적인 용기와
희생에 감사하게 된 것은
훗날의 일이다. 졸라의
묘지는 1908년 팡테옹으로 이장됐다. 프
랑스의 국립묘지인 팡테옹의 입
구에는 이렇게 적혀 있다.

'조국이 위대한 이들에게 사의를 표한다.'

22.

존 레논

John Winston
Ono Lennon

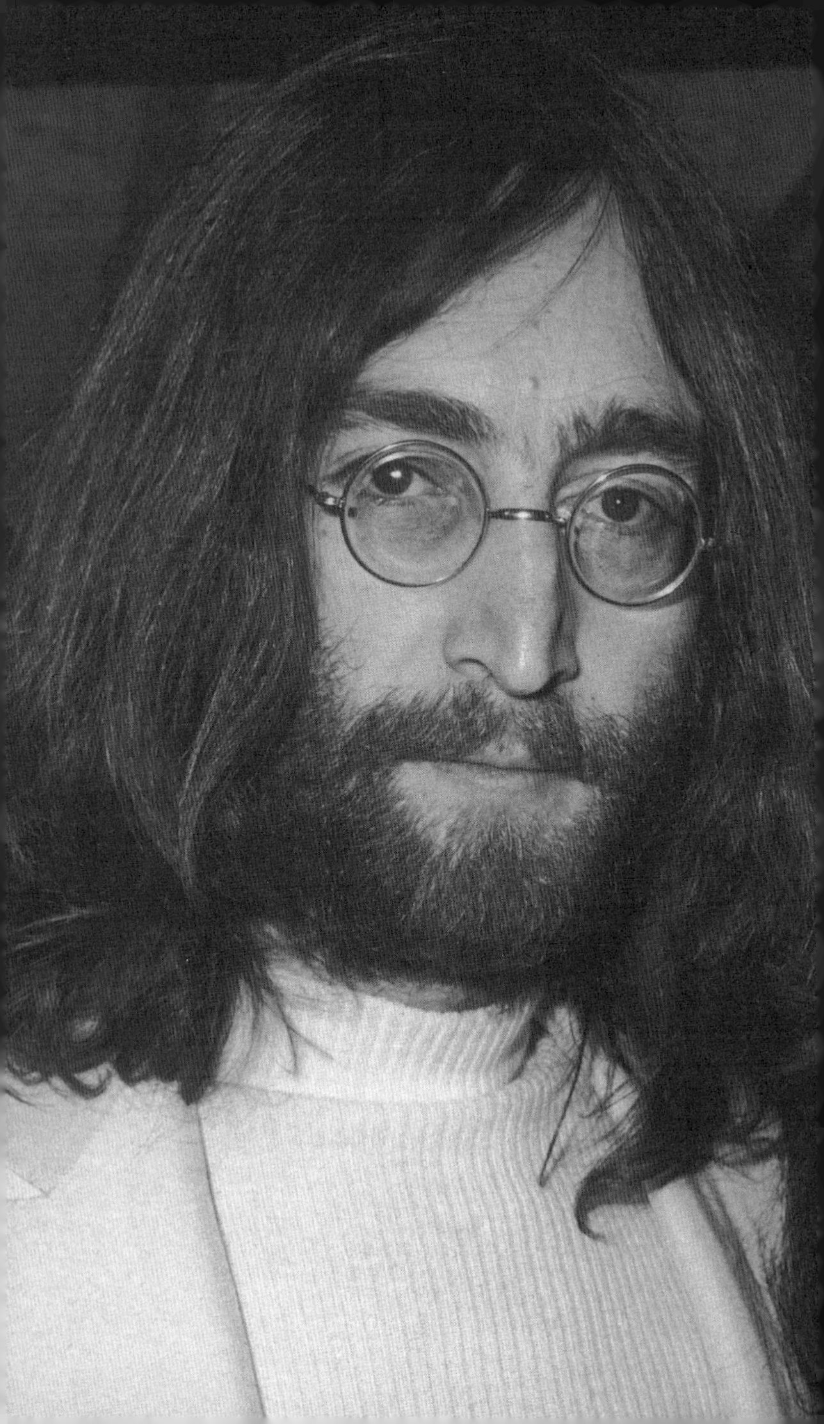

◦

모든 것을 이룬 자에게 결핍된 단 한 가지

그야 비틀즈는 대한민국에서도 잘 알려진 밴드다. 남녀노소 할 것 없이 비틀즈라는 이름은 한 번쯤 들어봤을 것이다. 하다못해 슈퍼마켓 매대의 츄잉캔디로라도 알고 있을 것이며, 'Yesterday'나 'Let it be'처럼 듣자마자 "아, 이거!" 할 정도로 유명한 곡도 몇 있다. 다만 한국에서 비틀즈의 위상이란, 그들이 세계적으로 누렸고 지금껏 회자되는 인기에 비하면 분명 밋밋한 감이 있다. 그야 '한 시대를 풍미했던 위대한 밴드' 역시 훌륭한 평가임은 틀림없지만…. '대중음악 역사 중 최고'라는 해외에서의 평가에 비하면 박할 정도로 존재감이 옅지 않은가. 아무리 내한 공연 한 번 하지 않았다고 해도 그렇지. 다만 비틀즈의 전성기였던 60년대만 해도 대한민국은 아시아에서 손꼽히는 극빈국이었으므로, 이게 아쉬울지언정 이상한 일이라고까진 할 수 없다. 그렇게 치면 엘비스 프레슬리나 롤링 스톤즈도 할 말이 많을 것이다.

한국은 머나먼 동북아시아에 위치한 반도국인데, 까짓거 양놈들 밴드 좀 모를 수도 있지 않냐? 물론 틀린 말은 아니다. 다만 일찍이 레코드 문화가 발달해 있던 일본은 비틀즈의 음악을 접할 기회가 많았던 모양으로, 비틀즈가 현역으로 뛰던 시절은 물론 지금까지도 엄청난 인기를 구가하고 있다. 비틀즈 역시 그 열광적인 인기에 보답하듯 일본에서 – 이런저런 말이 많았지만 – 공연을 벌이기도 하는 등, 일본과 비틀즈는 여러 가지로 깊은 관계에 있다고 할 수 있다. 가장 잘 알려져 있기로는 역시 비틀즈의 핵심이던 존 레논과 일본의 행위예술가인 오노 요코의 관계일 것이다. 이건 지금으로서도 참 희한한 조합이다. 비틀즈는 당시 신조차 모독하는 – 실제로 그랬냐 안 그랬냐로 논란이 되기도 했다 – 초 인기 밴드였고, 존 레논은 그 비틀즈의 간판 멤버였다. 반면 오노 요코는 2차대전 패전국인 일본 출신인 데다 모국에서도 잘 알려지지 않은 무명 예술가에 가까운 인물이었다. 더구나 뭇 록스타의 애인들처럼 전형적인 미인도 아니었음에야. 이 스캔들이 알려질 당시 사람들이 받았을 충격은 구태여 설명할 필요도 없다. 당장 내일 아침에 해리 스타일스와 솔비의 열애설이 보도된다고 해도 그만한 이슈는 못 되지 않을까.

나아가 요코는 비틀즈의 해체에도 결정적인 영향을 미쳤다고 한다. 어디까지가 사실이고 루머인지는 불분명하지만, '존 레논이 비틀즈를 나와 자신만의 음악 세계를 구축하고 결심하는 데' 그녀의 존재가 관여된 것만큼은 확실해 보인다. 이 사실만 놓고 보면 나는, 정말이지 존 레논이 요코라는 인물을 얼마만큼 진심으로 사랑하고 신뢰했는지가 느껴져 묘한 기분에 빠진다. 특히 솔로 앨범에 수록된 'Oh, Yoko'는 제목에서 알 수 있듯 레논이 요코를 생각하며 쓴 곡인데, 존 레논이라 한들 이런 곡과 가사를 진심 없이 쓸 순 없었을 것 같다.

In the middle of the night

In the middle of the night I call you name

Oh, Yoko

Oh, Yoko

My love will turn you on···

한밤중에

나는 한밤중에도 네 이름을 불러

오, 요코

오, 요코

내 사랑이 너를 일깨울 거야…

존 레논의 뮤즈가 '하필이면' 일본인이었다는 사실이 한국으로선 썩 즐겁지 않았던 걸까. 몇 년 전 국내 커뮤니티에는 '존 레논은 사실 한국에 몰래 왔었고, '임예진' 이라는 사람에게 반해 'Imagine'이라는 곡을 썼다. 오노 요코는 레논이 임예진을 잊지 못해 만난 다른 동양인 여성일 뿐'이라는 루머가 굴러다니기도 했다. 뭐 이거야 누가 봐도 우스갯소리이지만, 확실히 레논과 요코 사이에는 질투심이 샘솟을 만큼 동화적인 감수성이 있다.

팬이라면 좀 분통이 터지는 말이겠으나, 안 그래도 비틀즈는 브라이언 엡스타인의 죽음 이후 점점 분열되고 있던 상황이었다. 그는 리버풀 촌동네에서 세계적인 밴드가 될 때까지 비틀즈를 전담했던 매니저였다. 멤버들의 정신적 지주이자 구심점 역할을 해주던 브라이언이 죽었으니 결과야 빤한 것이었고, 레논 역시 음악적 동반자이던 폴 매카트니와 갈등을 거듭했다. 아마도 비틀즈 탈퇴에 관해 오랫동안 생각해왔을 것이다. 아무리 존 레논이라도 '그' 비틀즈를 탈퇴하려면 엄청난 용기가 필요했을 테니까. 나는 요코가 그로 하여금 '억지로 비틀즈에서 나오도록 했다'라고 보는 편은 아니다. 단지 그녀가 레논에게 필요하던 용기를 주지 않았을까 하는 입장이다. 인생을 바쳐온 음악, 밴드 다음으로 진정 사랑할 수 있는 대상이 되어준 것이다. 세상엔 드물게 그런 일이 일어나기도 한다. 만일 '블랙핑크'의 리사가 '잘 생기지도 유명하지도 않은 한 무명작가 나부랭이'와 사랑에 빠진 나머지 그룹을 탈퇴한다는 기사를 보게 된다면 나는－당연히 최소한의 아쉬움은 느끼겠지만－그녀의 순수한 사랑이며 이어질 행보에 응원과 축복을 보낼 것이다. 정말로 그럴 것이다. 그런 일들은 실로 아름답고 낭만적일 뿐 아니라, 인간적으로 보자면 가장 멋진 사건이니까.

누구나 그런 공허함에 빠져 허우적댈 때가 있다. 여태껏 거의 모든 것을 바쳐 몰두해온 일에 그전만 한 열정을 느낄 수 없을 때, 가장 믿고 의지하던 사람들이 완전한 타인처럼 느껴질 때, 한때 축복인 줄 알았던 것들이 하등 의미 없는 껍데기처럼 보일 때. 앞으로 내가 무엇을 어떻게 얼마나 잘 해낸다고 해도, 죽을 때까지 어느 한 사람도 나를 온전히 이해해주지 못하리라는 공포에 휩싸일 때…. 사람은 그런 고민과 절망을 잊을 만큼 압도적인 사랑을 필요로 한다. 삶으로부터 끊임없이 고통받으면서도 어떻게든 삶을 사랑하고 싶은 것이야말로 살아있는 인간의 본성이기 때문이다. 내가 죽지 않게끔 무한정 사랑해줄, 내게 죽어선 안 되게끔 사랑할 무언가를 찾아 헤맨다. 그 대상은 신이 되기도 하고, 사랑하는 사람이 되기도 한다. 하지만 간절히 필요할 때 그 대상이 끝끝내 나타나지 않으면, 그 사람은 죽는다. 만일 숨이 붙어 있더라도 죽은 것이나 다름없다. 산송장이다.

2020년대에 들어선 개성이라는 말을 쓰지도 않는다. 개성은 당연한 것이 되었으니까. 남과 다른 특출난 자아를 가지고 실현하는 것이야말로 인생의 본질이고, 의미와 가치는 평범한 타인 또는 지성 없는 로봇에게 '감히 대체될 수 없는' 정체성을 확보하는 것에만 존재하는 것

같다. 따라서 모두가 기를 쓰고 기어오르고, 때로는 미끄러져 떨어지고 좌절한다. 저마다 인류 역사의 한 페이지를 장식하고자, 무가치한 삶을 변호하고자 무수히 많은 팔로워나 백 년에 한 번 나올까 말까 한 재능, 혹은 전인미답의 업적을 바라면서, 정작 거기 동반되는 처절한 외로움과 허무함으로부터는 눈을 돌린다.

가령 아이유나 지드래곤 같은 스타들이 "아무도 나를 진심으로 사랑해주지 않는 것 같아요"라거나 "가끔은 저 스스로가 불행하다고 느껴요"라고 인터뷰를 한다면 어떤 댓글들이 달릴까? 응원하는 팬도 있겠지만, 아마 '이미 가진 것도 많으면서. 배부른 소리 하고 자빠졌네' 같은 의견이 적지 않을 것이다. 나는 그렇다면 '존 레논은 어땠을지'도 상상해본다. 존 레논이라면 어땠을까. 부와 명예, 천재성, 내게 우연히 주어진 요소들로 인해서 어쩌면 '외롭거나 고독할 자격'을 영원히 박탈당했다고 느꼈을지도 모를 일이다. 뭐야, 네가 왜 힘들어하는데? 넌 존 레논이잖아. 너는 모든 걸 가졌잖아. 많은 사람이 널 선망하고 동경하고 있어. 대체 왜 그런 말을 하는 거야? 넌 그렇게 느껴선 안 돼…. 아.

존 레논의 유년기는 복잡다단했다고 알려져 있다. 해병이었던 아버지는 일찍이 연락이 끊겼다. 양육권을 이모에게 넘긴 어머니와는 꾸준히 왕래가 있었지만, 레논이 열일곱 살 때 교통사고로 사망했다. 훗날 레논은 "내게는 진정한 집이 없었다"라고 말했다는데, 그래서인지 레논이 벌인 기행을 결핍된 성장 과정과 연결 짓는 사람도 많다. 실제로 솔로로 전향한 뒤 그의 앨범에는 무조건적인 사랑, 특히 모성애에 대해 집요하게 이야기하는 곡들–'Love', 'Love is', 'Mother'…–이 수록돼있기도 하다. 부모로부터의 사랑은 대개 삶에서 가장 처음으로 경험하게 되는 종류의 사랑인 반면, 레논에게는 가장 나중에 가서야 갈구하게 된 사랑이었을지도 모른다. 그땐 전혀 중요한 줄 몰랐던 것들. 내게 필요한 줄도 알 수 없었던 것들이 시간이 지나자 영원히 메꿀 수 없는 공백으로 나타났을지 모른다.

누구나 자신에게 사랑받을 '타당한' 자격이 있길 바란다. 호감 가는 얼굴형, 군살 없이 잘빠진 몸매, 우수한 업무 처리 능력, 널리 존경받는 직업 또는 넉넉한 경제 형편 같은 것들. 대개의 인간은 그런 조건을 하나씩 갖춰

나가기 위해, 또 그 뒤에는 그것들을 잃지 않기 위해 시간과의 사투를 벌인다. 하루하루 매력적인 사람이 되어가는 것, 더 훌륭하고 멋진 사람으로 거듭나는 것은 분명 좋은 일이다. 그러나 이런저런 조건을 갖추고 나면, 반대로 무엇이 무조건적인지 분간하기 어려워지는 것도 사실이다. '적어도 너는 네가 원하는 일을 하고 있잖아' '최소한 너는 사람들로부터 관심을 받잖아' 따위의 말로 위안받을 수 없는, 보다 뚜렷한 '존재의 이유Raison d'être'가 필요해질 때가 온다. 무엇이든 이유가 될 수 있다. 부와 명예, 부모의 인정, 자녀의 행복, 사랑의 화답, 궁금한 《원피스》의 결말까지. 그렇게 외적인 것들을 위해 살아가는 모습을 두고 미련하다거나 바보 같다고 생각하는 이들도 있을지 모르지만…. 그런 것들 말고 달리 뭐가 있단 말인가? 인생을 살아가는 이유가 오직 나 자신의 궁극적인 만족과 행복 속에만 존재한다면, 그렇지 못해 스스로 죽음을 택한 사람들을 가장 이성적이고 합리적이라고 볼 수밖에 없을 것이다.

다만 시간은 터무니없이 잔혹한 것이어서, 사람은 그렇게 찾아낸 것들에게서마저 차츰 배신당하거나 환멸을 느낀다. 이런 관점에서 나는 한 미치광이의 총질로 일어난 존 레논의 죽음이 온전히 비극이라고만 생각지는 않는다. 적어도 그는 사랑받으면서, 그리고-무엇보다 이게 가장 중요한 부분인데-사랑하면서 죽었다. 종착점이 아닌 하나의 방향성으로서. 결핍된 채 자랐지만, 끝끝내 사랑하며 죽은 레논의 삶을 나는 동경한다. 내 인생의 하루 가운데 온종일, 그야말로 하루종일 한 곡만을, 'Mother'만을 들으며 혼자였던 시간을, 언제까지고 잊지 않으려 한다.

Mather, You had me
But I never had you
I wanted you
You didn't want me
…
Father, You left me
But I never left you
I needed you
You didn't need me
…

Mama, don't go

Daddy, come home…

Mama, don't go

Daddy, come home…

어머니, 당신은 날 낳았지만

난 당신을 가져본 적이 없어요

나는 당신을 원했지만

당신은 나를 원하지 않았죠

…

아버지, 당신은 날 떠났지만

난 당신을 떠날 수가 없어요

나에겐 당신이 필요했지만

당신에겐 내가 필요 없었죠

…

어머니, 가지 마세요

아버지, 돌아오세요

어머니, 가지 마세요

아버지, 돌아오세요

부모로부터의 사랑은 대개 삶에서 가장 처음으로 경험하게 되는 종류의 사랑인 반면, 레논에게는 가장 나중에 가서야 갈구하게 된 사랑이었을지도 모른다.

그땐 전혀 중요한 줄 몰랐던 것들. 내게 필요한 줄도 알 수 없었던 것들이 시간이 지나자 영원히 메꿀 수 없는 공백으로 나타났을지 모른다.

23.

이창호

李昌鎬

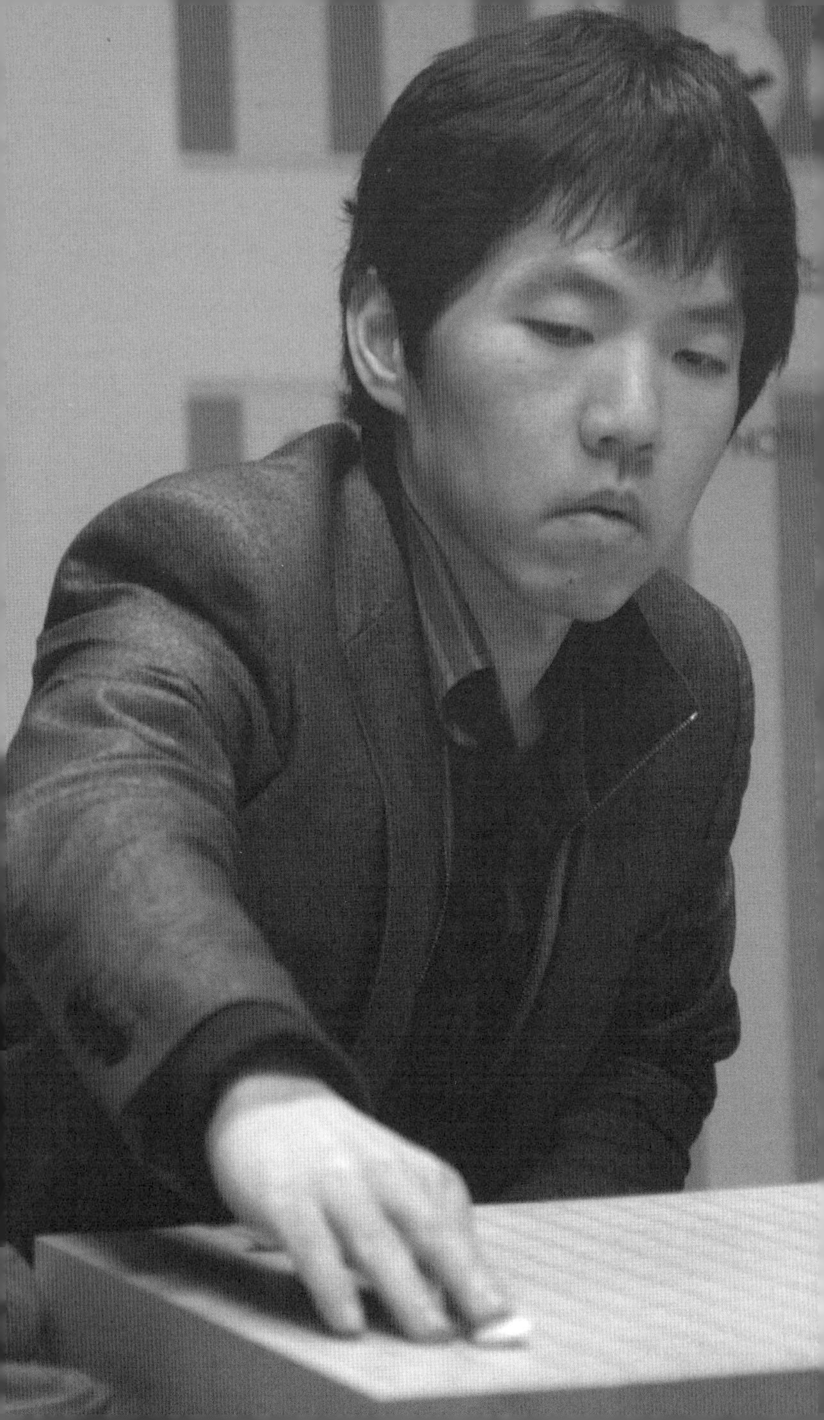

삶이 게임이라면 바둑 같은 게임이기를

엄연한 유교문화권에 속해 있는 까닭인지, 한국에는 만사를 물과 흐름에 빗댄 표현이 많이 있다. 무엇이든 '물 흐르듯' 자연스럽게 일을 처리하는 걸 최고로 여기는가 하면, '물 들어올 때 노 저어야지' 하는 현실적인 조언에도 쓰인다. 나는 영화 〈타짜〉에서 등장한 장면이 기억에 남는데, 속칭 '호구 사장'이 '예림이!'로 분한 '정 마담'에게 자신의 도박관에 대해 이야기하는 대사다.

"노름이 뭐야?"

"파도요."

"그래, 파도! 올라갔으면 내려가고, 내려갔으면 다시 올라가는 거야! 이제 이것들은 다 죽었어!"

뭐랄까, 이것은 노자 선생님의 말씀을 잘못 해석한 결과가 아닌가 싶지만…. 어느 것 하나 분명한 것 없는 카오스적 인생, 그 속에서 일관되며 직관적으로 파악되는 흐름을 파악하고자 하는 습성은 모두에게 존재하는 것이다. 먼 옛날 점성술로부터 시작해 혈액형을 거쳐 별자리 운세와 요즘의 MBTI에 이르기까지. 사람들은 그 자신에게 주어진 인생의 본질을 이해하기 위해, 가능한 보고 듣고 느끼는 것들 모두를 나름의 기준에 따라 분류한다. 게임에서 남보다 손쉽게 이길 수 있는, 말하자면 '필승법'을 찾기 위해서라고 할까…. 정말 그런 것이 존재할는지는 잘 모르겠으나 있다면 되도록 나밖에 모르는 일급비밀이었으면 하는 욕심도 있다. 이런 이런, 이래서 어리석은 인간들이란. (웃음)

알토란 주식 투자와 부동산 투기, 알박기와 과감한 공매도. 고도로 복잡화된 현대사회에조차 성공적인 삶을 위한 몇 가지 공식이 존재하는 것같이 보일 때가 있다. 나 역시 요즘 들어선 모르는 번호로 메시지가 와서는, '100만 원만 투자하면 1달 만에 1억 만들 수 있는데 왜 안 하십니까? 여기 투자 성공의 비밀이 있습니다' 같은 핀잔을 받곤 한다. 뭐 내가 당장 그 100만 원이 아쉬운 상황인 건 차치하고, 단기간에 원금을 100배나 불릴 수 있는 비결을 왜 나 따위에게 알려주려는지 모르겠다. 이런 미친 투자처가 있는데 워렌 버핏은, 또 조지 소로스는 대체 뭘 하고 있는 거야? 나이가 예전 같지 않아서 투자 판단력이 흐려지기라도 한 걸까? 아니면 '이미 많이 벌었으니까 이젠 좀 느긋하게 해야지' 같은 생각을 하는 걸까? 아니, 그럴 거면 한참 전에 그렇게 했어야지.

이렇듯 '필승법'으로 꼽히는 전략들을 보면 – 그게 어떤 게임에 적용되는지와는 상관없이 – 서로 닮은 듯한 부분이 있는데, 하나같이 '단 한순간 주어지는 기회'에 대해 극도로 집착한다는 점이다. 다소 수세에 몰려 있는 것처럼 보일 때라도, 상대방의 빈틈을 놓치지 않고 파고들면 대번에 역전할 수 있다는 실낱같은 희망을 잃지 않는다. 그렇지만 이건 다시 말해 이렇다. '그 찰나를 공략하지 못하면 그때는 정말 게임 오버'라는 양면적 속성도 있는 것이다. '요즘 시대에 흙수저로 태어났어도 성공할 가능성이 없는 건 아니다. 하지만 비트코인에 투자하지 않으면 아예 없다' 같은 느낌이라고 할 수 있다. 자신에게 온 기회를 놓치지 않고 붙잡는 것, 타이밍 좋게 뛰어들고 적절한 시기에 빠져나오는 것, 그런 판단력과 '킬러 본능'이 있어야만 필승법이 유효하다는 식이다. 그렇게 감

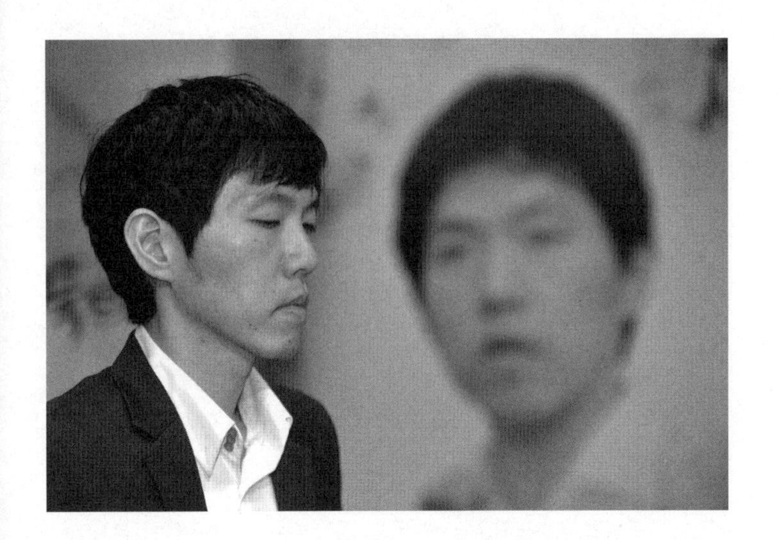

좋은 사람들만 쓸 수 있는 것이 필승법이라면, 솔직히 그걸 필승법이라고 불러도 괜찮은지 모르겠지만.

나는 바둑을 잘 모른다. 아니, 잘 모르는 정도가 아니라 전혀 모른다고 봐도 좋다. 어릴 적 《고스트 바둑왕》이나 《미생》처럼 바둑을 다룬 콘텐츠를 몇 번 보긴 했지만, 바둑 자체보다는 등장인물의 성장과 스토리 라인에 초점을 맞췄을 뿐이다. 그렇지만 바둑에는 확실히, 그게 뭔지 모르는 사람도 빠져들게 만드는 마력이 있다. 착수, 포석, 패착, 사석, 끝내기 같은 바둑 용어들은 글을 쓸 때 남다른 질감의 조미료 역할도 해주곤 한다. 하지만 바둑 이야기를 꺼낼 때마다 《미생》이나 이세돌과 알파고 간의 대국을 덧붙이는 건 진부하기도 하거니와, 그랬다간 작가 나부랭이로서의 체면도 지하로 꺼지고 말 것이므로, 여기선 '돌부처' 이창호 9단에 관해 이야기해보기로 한다.

말은 그렇게 했지만 조금 곤란하기는 하다. 바둑을 모르면서 바둑기사에 대한 글을 쓴다는 것이 말이나 되나? 하지만 나는 그의 바둑 자체나 프로 기사로서의 커리어를 논하려는 것이 아니고, 그의 삶이 주는 인상과 영감에 대해 언급하려는 것뿐이니 큰 문제는 없으리라고 생각한다. 바둑 역사상 최연소 세계 챔피언이자, 바둑 그 자체이던 이창호 9단의 기풍은 철저한 수읽기와 견고한 행마로 상징된다－고 여러 매체에서 입을 모아 이야기하는 듯하다－. 나이가 지긋해진 요즘에 들어선 전보다 공격적인 기풍을 보여주고 있다지만, 90년대 초반부터 시작된 그의 전성기는 탈 인간 레벨의 계산력으로 가장 널리 알려졌다. 이른바 '끝내기 바둑'의 시대를 활짝 열어젖히며 새로운 패러다임을 제시했다고 평가받는다. 내가 그 정확한 의미를 알 수는 없지만. 끝나기 직전까지 비등해 보이던 대국에서 거뜬히 반집 승을 거두는 한편, 랭킹이나 전적 상으로 객관적인 전력 차이가 나는 기사들에게도 겨우(?) 반집 승을 거두는 모습으로 깊은 인상을 남겼다.

이것은 이창호 9단 특유의 바둑 철학, 즉 '반집으로 이기나 불계－압도적으로 실력 차이가 나서 헤아릴 필요도 없는 결과－로 이기나 똑같은 승리'라는 인식에 뿌리내린, 그만의 흔들림 없는 철학 덕이다. 이 철학처럼 바둑은 포커나 화투와는 결이 다른 게임이다. 판돈이 걸려 있는, 바둑보다 훨씬 익숙한 포커나 화투 등의 게임은 '몇 판을 이기느냐'가 아니라 '얼마를 따느냐'가 중요하다. 그러나 바둑은 다르다. 반집 차든 열집 차든 승부의 향방은 승과 패로만 갈린다. 바둑에서 승부의 본질이란 얼마만큼의 차이로 상대를 짓밟느냐가 아니라, 내가 바라는 결과로 끝까지 상대방을 이끌어올 수 있는지에 달린 것이다. 이창호 9단의 바둑은 바로 이런 면에서 타의 추종을 불허했다. 비록 이세돌 9단처럼 상대의 대마를 탈탈 털어버리는, 화끈하고 시원시원한 느낌은 덜했을는지 모르지만…. 그는 적군이 도망칠 때 '무리해서 쫓아가지 않는' 타입의 장군이었던 것 같다. 큰 전투에서 결정적인 승리를 거둬 전쟁을 끝내는 것이 아니라, 틈이 날 적마다 전열을 가다듬고 빈틈을 메꾸며 피해를 최소화하는 데 초점을 맞춘다. 전쟁을 빨리 끝내는 것이 목적인 사람이라면 이런 유형이 좀 답답하게 느껴질지도 모른다. 하지만 바둑은 – 흔히 비교되는 것과는 다르게 – 전쟁과 궤가 달라도 크게 달라서, 일찍 못 끝낸 탓에 백 년 넘게 이어지거나 하는 경우는 없다.

아무리 커봐야 바둑판은 361칸 밖으로 뻗어갈 수 없고, 초읽기 시간 역시 정해져 있다. 게임은 반드시 끝나게 되어있다. 이런 꼴의 게임에서 그 목적이 승리이고, 한수 한수의 역할은 승리의 확률을 높이는 것이라면, 바둑알을 집을 때마다 생각해야만 한다. 과연 어떤 것이 최선의 선택일까. 지금 한 수를 어쩌면 마지막 기회일지 모르는 간절한 요행수로 두는 것과, 호흡을 길게 보고 다음 수를 고려해 차근히 다질 기반으로 쓰는 것 중에.

바둑에는 '대마불사大馬不死'라는 말이 있다. '대마'라는 건 그것이 잡히느냐 마느냐 하는 것으로 해당 대국의 승패가 좌우될 수도 있는, 게임의 커다란 줄기를 일컫는 말이 – 라고 나는 추측하고 있 – 고, 대마불사란 단어 그대로 '대마는 죽지 않는다'는 의미인데, 어쩐지 '일단 일을 되도록 크게 벌여놓으면 어떻게든 굴러가게 돼 있다' 하는, 뉘앙스로 사용되기도 한다. 결국 '뭐가 됐든 작은 물에서 놀지 말라'는 것이다. 고양이보다는 호랑이가 되어야 한다, 쪼잔하게 굴지 말고 대범하게 행동해야 한다, 나무를 보지 말고 숲을 보아야 한다. 이길 때도 질 때도 크고 확실하게 해야 한다….

그런 와중에 우리의 운명은 늦은 밤 막차를 기다리는 만취자처럼 느껴진다. 언제 버스가 올지 모르니 정신을 바짝 차리고 있다가, 문이 열리면 냉큼 올라타서 자리를 꿰차야 한다고 생각한다. 그렇게 하지 못하면 모든 게 끝장이라고, 아무 가망 없이 고독하게 죽어가는 일밖에 남지 않았을 거라고. 그러나 이창호 9단, 바둑판 밖에서는 얼마간 수줍고, 소심하고, 누군가에겐 어리숙해 보였을 그가 바둑 둘 때의 태도를 보며 나는 생각했다. 세상이 내게 주는 마지막 기회 같은 건 없다고. 내가 찾아야 할 건 커다란 정류장이 아니라, 작은 운전대와 흔들리지 않는 정신일는지도 모른다고.

'삶이 게임이라면' 화투보단 바둑인 쪽이 나을 것이다. 그편이 확실히 낫다. 다 따거나 다 잃거나 하는 룰렛보다는 반집 차이 패배에도 정중히 악수를 건넬 수 있는 그런 멋진 게임이, 내겐 필요하다. 만일 그럴 수 있다면 훗날의 나는 이렇게 쓸 수 있을지도 모른다. '분명 잘못된 문장을 쓸 때도 있었어요. 사람들이 원하는 만큼 뚜렷하고 강렬한 뭔가를 쓰고 싶었을 때도. 지금의 나라면 그럭저럭 할 수 있을 것 같다고 생각될 때도 있었죠. 하

지만 그렇게 하지 않았어요. 그게 최선의 방법이었다는 건 나중에 나서 알게 됐지만요.'

포커나 화투 등의 게임은 '몇 판을 이기느냐'가 아니라 '얼마를 따느냐'가 중요하다. 그러나 바둑은 다르다. 반집 차든 백집 차든 승부의 향방은 승과 패로만 갈린다. 바둑에서 승부의 본질이란 얼마만큼의 차이로 상대를 짓밟아버리느냐가 아니라, 내가 바라는 결과로 끝까지 상대방을 이끌어올 수 있는지에 달린 것이다.

엇비슷한 눈높이로 과거와 마주하기

과거에 살았던 사람을 칭송하고, 오래된 사건을 부풀리는 것은 대단히 쉽다. 가끔은 신선하게 과장한 표현을 찾느라 수고스러울지 모르지만, 그건 확실히 같은 시대를 헐뜯는 것보다 간단한 일이다. 이쪽으로 치면 굳이 새로운 표현을 찾을 필요도 없기 때문이다. 저 주제도 모르고 비비고 있다거나, 꼴값 떠는 것도 유분수라거나, 무례함을 넘어 무지하다거나 등. 잘 모셔둔 전가의 보도를 꺼내 쓰기만 하면 되는 것이다. 신성모독을 비판하던 멘트 중 칠 할은 있는 그대로 거기 가져다 쓸 수 있다.

여기까지 해도 감이 잘 오지 않는다면… 좋다. 현세대의 인기 가수 중 한 명을 마이클 잭슨이나 모차르트에 비교하는 연예 기사를, 그리고 그 댓글 창에 쓰여 있을 오만 가지 비아냥과 냉소를 상상해보라. 그리고 그러한 비난의 타깃이 우리 자신이 되었을 때, 오래도록 사랑해왔던 일과 그에 대한 상상을 예전과 똑같이 할 수 있을지를 자문해보라.

꽤 오래전에 아이유와 김광석 씨가 나란히 앉아 노래 부른 광고가 논란이 됐다. '서른 즈음에', '이등병의 편지' 같은 명곡으로 한 시대를 풍미했던 가수 김광석에게 '여자 아이돌'에 불과한 아이유를 갖다 붙이는 게 말이나 되느냐는 것이다. 광고의 내용 자체는 두 사람의 가수로서의 역량을 비교 대조하는 것이 아니라-정말이지 그랬다면 뭇매를 맞아 마땅했겠지만-기술의 발전이 세대를 잇는다는, 광고치고는 매우 유익한 메시지에 초점이 맞춰져 있었음에도 불구하고 말이다. 그때의 나는 이렇게 생각했던 것 같다. '그래도 아이유 정도면 우리 세대 중에서 가장 노래를 잘하는 가수 축인데… 과거와 비교하는 것 자체가 말도 안 되는 일이라면, 우리더러 뭘 어떻게 하라는 거야?'

뭐… 그 이후 아이유는 보란 듯 2010년대 가요계를 평정, 아티스트로서도 괄목할 만한 성장을 이룩해냈다. 더구나 한 시대와 젊은 세대를 동시에 대표하는 가수로 입지를 굳혔기 때문에 이 논란의 경과가 마냥 나빴다고만 할 수는 없다. 지금쯤 저 광고가 다시 나온다면 그때만큼 인색한 평가로만 도배되진 않으리라.

그러나 그것은 사람들이 '요즘 가수'인 아이유를 김광석과 나란히 받아들일 만큼 너그러워졌기 때문이 아니다. 이제는 그녀 역시 쉽게 비난할 수 없을 만큼 대단한 과거를 확보했기 때문이다. 이제 와서 똑같은 기획으로 똑같은 장면을 연출한다 한들, 가요계 선배들의 유산을 동경하고 닮아가고자 했던 소녀는 거기에 없다. 각자의 시대를 수놓은 두 목소리가 앉아 있고, 그 이름값에 열광하는 대중이 있을 뿐이다. 무수한 현재의 잔해로 무르익은 과거들. 사람들은 거기서 다 익은 열매만을 따서 먹고, 석유처럼 아무 데서나 쓰다 공연히 울적해진다. 용기 있게 오늘을, 우리가 사는 시대를 응원할 기회는 매일같이 주어지고 버려지는 것이다.

지금의 청년 세대를 상징하는 정서 가운데에는 틀림없이 '전통에 대한 애증'이 자리 잡고 있다. 위대하게 끝난 과거와 '아직은' 초라한 현재. 그 두 평면을 겹쳐보는 일에도 익숙하다. 미래에 대한 희망이 흐릿해질수록, 과거에 대한 향수는 뚜렷해진다. 그 향수는 자신이 경험하지 못했던 시절까지 뿌리내린다. 90년대생이 《호밀밭의 파수꾼》에 감명을 받고 2000년대생이 레트로 감성에 심

취하는 데에는 분명 일정 부분 이런 역학이 작용한다.

좋든 싫든 우리는 거의 언제나 과거와 싸우며 살고 있다. 전통 한식을 좋아하는 청년은 평범한 국밥집을 창업하기 어렵다. 골목마다 'SINCE 1970 원조 할매 국밥집'이 똬리를 틀고 있기 때문이다. 어렵사리 신메뉴를 개발해 메뉴에 포함해봤자 '이딴 걸 국밥이라고 내놓고 있냐'는 비난에 노출되기에 십상이다. 젊은 꼰대란 대충 그런 공정으로 말미암아 탄생하는 존재다. 겨루어 이길 승산이 없는 과거와 남루하고 가능성 없는 미래 사이에 압착돼 탄생한 비극적 공산품이다.

안타깝게도 내게는 나 아닌 누군가를–시대가 됐든 사상이 됐든 어떤 개념을–극도로 혐오할 만한 에너지가 남아 있지 않다. 경험상 그런 역할은 내게 적합하지도 않았기 때문에. 나는 하는 수 없이 과거와 화해하는 방법을 선택하기로 했다. 범접할 수 없을 만큼 위대해 보이는 과거와, 우리의 조잡하고 방향성 없는 이상 사이에 장난감 교량을 마련해놓는 것이다. 동네 양아치들의 가랑이 사이를 기어 다닌 한신, 자신의 초기 작품을 문학평론가에게 보여줬다가 '뭔 일을 해도 상관 안 할 테니까 글쓰기만큼은 관둬라'는 말을 들었던 발자크, 인도식

이름이 창피해 새로 지어낸 프레디 머큐리라는 이름과, 비슷한 이유로 탄생한 마크 트웨인, 다자이 오사무라는 필명에 악수를 건네는 것이다.

그들이 얼마나 남다르게 특출난 인물이었는지 올려다보기보다, 엇비슷한 눈높이에서 인사하는 것이 즐거운 일임을, 나는 배웠다. 그제나 이제나 험하기 짝이 없는 세상이다. 그들과 나는 함께 교무실에 끌려가는 느낌으로, 담뱃값이 아까워 꽁초를 찾는 기분으로, 원대한 목표를 세웠다가 하루 만에 관둬버린 자괴감 같은 것으로도 연결될 수 있었다. 내 이런 시도가 우리 세대에게 자그마한 위로라도 되었으면 좋겠다… 같이 안 쓰니만 못한 문장은 접어두기로 하고, 제각기 염병할 삶으로 돌아갈 때는 책 한 권 결제에 아까워하지 않는 쿨한 독자가 되어 있기를 희망해본다.

사진, 그림 설명 및 출처

설명

024 러시아 도스토옙스키 박물관에 전시된 도스토옙스키의 육필 원고
064 〈서시〉 육필 원고
092 스콧 피츠제럴드 작품의 초판 표지들
142 〈의심하는 도마The Incredulity of Saint Thomas〉
196 영화 〈앨리스는 이제 여기 살지 않는다〉의 한 장면
208 일본 서점에 진열된 하루키 원서들
212 하루키의 친필 사인
230 미발표작 〈왓슨가의 사람들 The Watsons〉 육필 원고
258 〈부서진 기둥The Broken Column〉

출처

037, 096 플리커
064 연세대학교 윤동주 기념관
076 British Film Institute
080 history-biography.com
088, 196 브리테니커
108, 116, 174 유서프 카쉬
130, 280 게티 이미지
204, 236 저자 촬영
258 frida-kahlo-foundation.org
298, 302 한국기원

인물 사진이나 본문에 설명이 있는 작품은 설명을 더하지 않습니다. 출처를 따로 밝히지 않은 사진과 그림은 위키피디아 혹은 위키미디어의 퍼블릭 도메인 자료입니다.

천재들은 파란색으로 기억된다

2022년 5월 11일 초판 1쇄 발행

지은이 이묵돌
펴낸이 최세현 **경영고문** 박시형

책임편집 박현조 **디자인** 임동렬
마케팅 양봉호, 양근모, 권금숙, 이주형, 신하은, 정문희
디지털콘텐츠 김명래 **해외기획** 우정민, 배혜림
경영지원 홍성택, 이진영, 임지윤, 김현우, 강신우
펴낸곳 비에이블 **출판신고** 2006년 9월 25일 제406-2006-000210호
주소 서울시 마포구 월드컵북로 396 누리꿈스퀘어 비즈니스타워 18층
전화 02-6712-9800 **팩스** 02-6712-9810 **이메일** info@smpk.kr

ISBN 979-11-6534-509-9 (03800)
KOMCA 승인필